Bibliothèque des Romans
Anglais et Américains,

contenant

Les meilleurs Romans modernes,

Publiés en Angleterre et en Amérique,

TRADUITS DE L'ANGLAIS

Par M. A. J. B. Defauconpret,

Traducteur des Romans de sir Walter Scott
et de M. Cooper,

et une société de Gens de Lettres,
FRANÇAIS ET ANGLAIS.

PARIS,

Librairie de Charles Gosselin,
Rue de Seine, n° 12;

Mame et Delaunay-Vallée,
Rue Guénégaud, n° 25.

1825.

ROTHELAN.

IMPRIMERIE DE COSSON, RUE GARANCIÈRE.

ROTHELAN,

ROMAN HISTORIQUE,

PAR M. GALT,

AUTEUR DES ANNALES DE LA PAROISSE, DE SIR
ANDRÉ WYLIE, ETC., ETC. ;

TRADUIT DE L'ANGLAIS

PAR M. A. J. B. DEFAUCONPRET,

TRADUCTEUR DE LA COLLECTION COMPLÈTE DES ROMANS
HISTORIQUES DE SIR WALTER SCOTT.

« On voit des gens dont l'esprit trop malin
Voudroit en imposer en nous citant Turpin.»
LORD BYRON.

TOME SECOND.

PARIS,

LIBRAIRIE DE CHARLES GOSSELIN,
SEUL ÉDITEUR DES ŒUVRES COMPLÈTES DE SIR WALTER SCOTT,
RUE DE SEINE, N° 12 ;

MAME ET DELAUNAY-VALLÉE, LIBRAIRES,
RUE GUÉNÉGAUD, N° 25.

M D CCC XXV.

ROTHELAN.

CHAPITRE PREMIER.

LES MARAUDEURS.

« On vantoit déjà Musselbourg,
Quand d'Edimbourg on ne s'occupoit guère ;
Et quand la superbe Edimbourg
N'offrira plus que débris et poussière ,
On verra Musselbourg majestueusement
De ses augustes tours toucher le firmament. »

Vieille Prophétie.

L'AUTEUR DU LIVRE DE BEAUTÉ dit fort
pertinemment que ce n'étoit pas pour rien
que David II et ses hardis chevaliers firent
une invasion en Angleterre. Il paroît au
contraire qu'on s'étoit fait en Ecosse une

II.   I.

idée merveilleuse des trésors qu'on rapporteroit de cette expédition. En conséquence, lorsqu'on apprit à Edimbourg et dans toutes les villes peu éloignées des frontières la nouvelle de la prise et du pillage de la riche ville palatine de Durham, cet événement occasiona un mouvement général, et chacun, noble ou roturier, se disposa à partir pour prendre sa part du butin qu'on feroit à York, car on s'imaginoit déjà que cette ville auroit le même sort que Durham.

Nous n'entrerons pas dans le détail des préparatifs de départ qu'on fit en bien des endroits ; mais nous devons dire un mot du patriotisme et de l'ardeur qui régnèrent à Musselbourg, et qui peuvent servir d'exemple à la postérité.

Un des dignitaires municipaux, nous ne pouvons dire s'il étoit bailli ou prévôt malgré toutes les recherches que nous avons faites avec le plus grand soin dans

les archives du conseil de cette ville,
ayant rassemblé les bourgeois au son du
tambour, se mit à leur tête et les conduisit
vers les frontières ; tous annonçant publiquement l'intention d'aller renforcer
l'armée royale qui s'occupoit d'une manière si profitable, et nourrissant l'espoir
secret de pouvoir remplir leur bourse.
Leurs femmes, animées d'un esprit non
moins recommandable, résolurent de partager leur gloire et leurs trophées : elles
se pourvurent donc de paniers, de sacs,
et d'immenses tabliers qu'elles firent peut-
être aux dépens des draps de leurs lits, si
les lits avoient des draps en Ecosse à cette
époque. Ainsi munies de tout ce qui pouvoit être nécessaire pour rapporter les
trésors que leurs maris alloient conquérir,
les femmes industrieuses de Musselbourg
se mirent en campagne avec leurs belliqueux époux.

Il arriva pourtant qu'avant d'avoir passé
la Tweed, la renommée leur apprit la

nouvelle de la retraite du roi. C'étoit un cruel désappointement pour leur ardeur chevaleresque ; en conséquence ils résolurent de retourner chez eux ; et, faisant volte-face, ils arrivèrent à Carberry-Hill le soir même où Gabriel de Glowr et son escorte espéroient rentrer en triomphe avec leur butin dans la forteresse de Falaside.

Etant fatigués de leur marche et mécontens du malheureux résultat de leur expédition, ils s'assirent sur le penchant de la montagne du côté du sud, pour prendre quelque repos après une journée pénible, et peut-être aussi pour attendre que la nuit tombât afin de rentrer dans la ville incognito et sans bruit pendant les ténèbres, et éviter les railleries et les quolibets de leurs voisins, parmi lesquels il étoit certains esprits incapables d'apprécier dignement les sentimens qui avoient animé leurs âmes héroïques.

Les hommes gardoient un sombre si-

lence, ou s'ils s'adressoient quelques mots
par hasard, c'étoit d'un ton bref et sec,
suite naturelle d'une espérance déçue ; les
femmes, assises sur leurs sacs vides, le
dos appuyé sur leurs paniers, et ayant
leurs grands tabliers sur leurs épaules en
guise de plaid, parloient davantage, mais
toujours avec aigreur ; le dignitaire mu-
nicipal, qui les avoit conduits à la gloire,
ou plutôt, pourroit-on dire, au plaisir de
ramasser les miettes du grand festin de la
victoire, se tenoit à part appuyé sur le
tronc desséché d'un gros chêne, et faisoit
des réflexions pathétiques sur la vanité
des projets humains.

Tandis qu'ils étoient dans cette situation digne d'envie, on aperçut, à quelque
distance, la petite troupe de Gabriel de
Glowr, qui s'avançoit du côté de Falaside, et d'une voix unanime on proposa
au général de s'indemniser du butin qu'on
avoit espéré, en attaquant ces maraudeurs,
et en s'emparant des dépouilles qu'ils

s'étoient appropriées sans aucun droit , sans aucune raison, si ce n'est qu'ils avoient assisté par hasard à la prise de Durham par leur souverain commun le roi David II. Le respectable magistrat ne trouva aucune objection à faire à une proposition si judicieuse ; et sur-le-champ les femmes , abandonnant leurs sacs et leurs paniers, nouèrent autour d'elles les coins de leurs tabliers, y placèrent des pierres, ôtèrent leurs bas, en remplirent également les pieds , et les agitant en l'air avec intrépidité , montrèrent qu'elles étoient pourvues d'armes offensives qui deviendroient formidables dans un combat corps à corps. Cependant, quoique tous ces détails se trouvent dans notre auteur, nous avons quelques doutes historiques relativement aux bas; car il n'est nullement constant que les femmes de Musselbourg, en portassent à cette époque (1).

_____

(1) Il y a ici anachronisme ; car les Ecossaises

Lorsque ces amazones, armées de résolution, se furent ainsi préparées au combat, leurs vaillans époux tirèrent leurs
flamberges, et tous marchèrent avec des
démonstrations hostiles et d'un air déterminé contre leurs voisins plus fortunés.
Le château de Falaside s'élevoit et s'élève
encore sur le haut d'une colline qu'on
aperçoit de Musselbourg, et le capitaine
et le magistrat se connoissoient parfaitement
l'un et l'autre, et avoient été bien des fois
assis à la même table.

Gabriel de Glowr, en voyant s'approcher cette armée formidable, fit faire
halte, non qu'il fût saisi d'une lâche
crainte, mais parce que le danger imprévu
qui menaçoit son butin lui inspiroit quelques inquiétudes. Il tint à la hâte un

---

de nos jours encore marchent volontiers pieds
nus. *Voyez* la lettre sur Glascow, dans la *Pro-
menade de Deeppe aux montagnes d'Ecosse*,
par M. Charles Nodier. (*Note de l'édit.*)

conseil de guerre, sans descendre de
cheval; et le résultat en fut qu'avant
de hasarder une bataille si inégale quant
au nombre, on tâcheroit d'abord de mettre les dépouilles en sûreté. En conséquence deux de ses gens continuèrent
à chasser vers le château les bestiaux et
les chevaux, sur l'un desquels le jeune
Rothelan étoit toujours monté, tandis que
Gabriel de Glowr, à la tête des cinq autres,
s'avança bravement contre les habitans
de Musselbourg.

Le digne magistrat, voyant la bonne
contenance que faisoit l'ennemi, sépara
ses forces en deux divisions : il fit arrêter ses bourgeois sur une hauteur et en
forma une espèce de bataillon carré ;
tandis que les femmes, faisant le service
d'infanterie légère, s'étendirent sur la
droite et la gauche en formant deux crois-
sans ; et, marchant au pas redoublé, en
brandissant leurs bas remplis de pierres
comme des frondes, elles se réunirent

en cercle, au centre duquel étoient les bestiaux et les chevaux. Ce mouvement habile et intrépide décida la fortune de la journée ; sans qu'il en coûtât une goute de sang ; car Gabriel de Glowr, voyant que tout ce qu'il avoit de précieux à défendre étoit entouré, fit sentir l'éperon à son cheval, et s'avançant vers ses ennemis demanda un pourparler. Le magistrat-général, le voyant venir seul, alla à sa rencontre, en défendant qu'on le suivît, conformément aux lois de la guerre.

— Que le ciel nous soit en aide, Clinkscales ! dit Gabriel de Glowr en faisant arrêter son cheval; que signifie cette billevesée ? que faites-vous ici avec tous ces bourgeois à vos trousses, comme si c'étoient autant de maraudeurs ?

— Où avez-vous pris ces bestiaux, Falaside ? lui demanda le magistrat au lieu de lui répondre ; qu'est-ce que vous emportez dans tous ces sacs ?

— Je ne dirai pas que vous soyez un sot pour me faire cette question, Clinks-cales, mais je dois vous dire que vous n'avez pas besoin de vous brûler les doigts dans notre marmite; ces bestiaux sont à moi; ce que contiennent ces sacs est à moi; le tout m'appartient légitimement par droit de conquête; que cela vous suf-fise; retirez-vous, et allez chercher dans votre ville ceux que vous devez surveiller.

— Le roi m'a confié son pouvoir et son autorité, Falaside, et je ne puis vous laisser passer ainsi sans vous questionner; ainsi donc prouvez-moi vos droits, ou je vous ferai savoir que je suis en même temps magistrat civil et homme de guerre.

— Vous avez donc perdu le bon sens, Clinkscales; ce que vous voyez est ma récolte, ma part du pillage de Durham.

— C'est ce que vous dites, et je ne dirai pas que je ne doive pas vous croire. Mais, pour ne pas nous disputer plus long-temps,

confiez à ma garde tout ce que vous emportez, afin qu'on sache où le trouver s'il
survenoit quelques plaintes.

— Quelques plaintes ! il a le diable au
corps ! Quelques plaintes ! et qui oseroit
en faire ? y a-t-il un fou au-delà de la
Tweed qui le soit assez pour passer les
frontières, et venir se plaindre de Falaside ?

— Vous parlez fort bien, j'en dois
convenir, mais vous savez que, quand le
départ du roi laisse le royaume en quelque
sorte sans défense, les magistrats sont
obligés, obligés en conscience, de veiller
à ce qu'on ne fasse aucun tort à ses sujets.
C'est pourquoi vous ferez bien de vous
conformer à ce que je vous conseille.

Gabriel de Glowr n'y parut pourtant
aucunement disposé ; il regarda autour
de lui, vit que ses gens ne montroient
nulle envie de reculer, et jeta un coup
d'œil courroucé et menaçant sur Clinkscales et sa troupe. Le magistrat guerrier

s'en aperçut, mais sans en être effrayé.

— Habitans de Musselbourg, s'écria-t-il, allez aider vos femmes à conduire dans la ville ces chevaux et ces bestiaux; soyez sans inquiétude, Falaside; on en aura grand soin jusqu'à ce que cette affaire ait été examinée à fond, conformément à la loi.

— A la loi! mille poignards! mille diables! est-ce à moi que vous avez l'audace de parler de loi, Clinkscales? A coup sûr, il a perdu le jugement; je vais te faire connoître ma loi. A ces mots il tira son sabre, et en déchargea un coup si terrible qu'il auroit fendu la tête du digne magistrat jusqu'au menton, si celui-ci n'eût fait fort à temps un mouvement à droite, en s'écriant:

— Habitans de Musselbourg! arrivez, braves habitans de Musselbourg, et arrêtez cet insolent rebelle; il répondra au roi du mépris qu'il fait de mon autorité légitime.

Les cris de Clinkscales, bien loin d'en imposer à Gabriel de Glowr, ne firent que redoubler son courroux ; et son armée de cinq hommes, voyant le danger dans lequel se trouvoit son général, accourut à sa défense le sabre à la main, se rangea autour de lui en bon ordre, n'attendant qu'un signal pour tomber sur l'ennemi.

— Holà ! holà ! s'écria le digne magistrat ; qui ne se soucioit pas de pousser les choses à l'extrémité, faut-il que des voisins comme vous et moi, Falaside, ne puissent arranger une pareille affaire à l'amiable ? Il me passe une idée par la tête, et jose dire que vous la trouverez raisonnable. Faisons une capitulation, vous nous remettrez paisiblement la moitié du butin que vous avez fait, conformément aux lois de la guerre, comme vous le dîtes, et comme cela me paroît assez probable ; et il vous sera permis d'emporter chez vous l'autre moitié, sans empêchement de notre part.

La discussion dura encore quelque temps, mais les bourgeois avoient un immense avantage du côté du nombre; ils étoient bien armés, ils paroissoient bien décidés à disputer le tout, si on leur refusoit moitié, et Gabriel de Glowr capitula, par prudence, aux conditions proposées, si ce n'est qu'attendu qu'il se trouvoit cinq chevaux, il fut convenu qu'il en conserveroit trois. Mais il ne conclut pas ce traité sans se promettre en secret de tirer vengeance, à la première occasion, du tort qu'on lui faisoit.

Telle fut l'origine de la querelle qui ne tarda pas à éclater entre les bourgeois de Musselbourg et le baron Falaside, querelle sur laquelle nous reviendrons en temps et lieu. En attendant il faut que nous laissions le jeune page entre les mains de Gabriel de Glowr, pour nous occuper d'autres événemens plus importans qui eurent par la suite beaucoup d'influence sur sa fortune et sa renommée.

CHAPITRE II.

LE SIÉGE.

« Ecoutez bien ; ce rêve est singulie
J'étois au lit (c'étoit jeudi dernier) :
Il me sembla qu'un griffon redoutable,
Un monstre horrible, affreux, épouvantable,
M'avoit volé mon diadème d'or,
Tous mes bijoux ; puis, prenant son essor,
Et m'enfonçant dans le dos une serre,
Il m'emporta sans pitié dans son aire. »

Sir Aldingar.

L'ARMÉE écossaise, après que Gabriel
de Glowr l'eut quittée, marcha, comme
nous l'avons déjà dit, vers le château de
Werk, que défendoit alors la célèbre
comtesse de Salisbury, en l'absence du
comte son mari. Cette dame issue du

sang royal, et la plus belle des belles
de son siècle, s'élevoit au-dessus de
toutes les autres femmes, moins encore
par son illustre naissance, et par sa beauté
sans égale, que par la force de son caractère et l'éclat de ses vertus.

Vers la fin de la soirée, lorsque les
derniers rayons du soleil couchant se
réfléchissoient sur les fenêtres les plus
élevées du château, et frappoient encore
les plus hautes branches des chênes du
parc, la comtesse, qui se promenoit sur
les murailles, accompagnée des femmes de
sa suite, vit les Écossais sortir d'un
bois voisin, le fer de leurs longues lances
répercutant encore la lumière mourante du
soleil, comme des éclairs sortant du sein
d'un nuage.

Ne se doutant pas que l'ennemi fût si
proche, quoiqu'elle eût appris dans le
cours de la journée que le roi d'Ecosse
faisoit sa retraite, elle fut d'abord fort

effrayée en voyant paroître une armée si formidable ; mais, recueillant bientôt toute sa présence d'esprit, elle ordonna à la garnison et même à ses domestiques de prendre les armes, et de garnir les murs du château, déterminée à ne pas se rendre sans avoir donné des preuves de la valeur de ses soldats. Le roi David fut donc trompé dans l'espoir qu'il avoit conçu de s'emparer de ce château par un coup de main ; car, en approchant des murailles, il vit qu'elles étoient, ainsi que les tours, garnies d'un grand nombre de défenseurs, et la comtesse, en robe blanche, alloit de poste en poste, encourageant ses soldats, et levant les bras au ciel comme pour en implorer le secours.

Le roi David, voulant absolument prendre ce château, ordonna à son armée de l'investir, et envoya un trompette faire une sommation à la comtesse de se rendre.

Elle y répondit par un défi, et ce fut

1*

elle-même qui, du haut de ses murailles, répondit au jeune roi.

— Ce château est le boudoir d'une dame, lui dit-elle, et l'on n'y entre pas avec si peu de cérémonie.

— Loin de moi de vouloir troubler la tranquillité du boudoir d'une dame, dit David; mais il est tard, et nous venons de bien loin. En conscience, belle dame, nous voudrions passer la nuit sous votre toit, et devoir un souper à votre hospitalité, sans être obligés de le demander plus rudement.

— Je ne doute pas que vous ne veniez de loin, et que vous n'ayez marché bon train, répliqua la comtesse en souriant, car on dit que le roi Édouard est derrière vous.

Le roi se tourna vers quelques chevaliers qui l'accompagnoient, et leur dit : — Par notre dame! son souper ne manque pas de sauce! Et, s'adressant de nouveau à la comtesse, il ajouta : —La nuit arrive, Madame, et je vous prie de nouveau de me faire ouvrir les portes de ce château.

—Je suis fâchée de paroître manquer d'hospitalité, Sire ; mais les portes de ce château ne peuvent s'ouvrir en dedans. Lorsque mon époux est parti, il les a fermées au double tour, et en a emporté les clefs. A moins que votre majesté ne puisse les ouvrir en dehors, je crains qu'elle n'ait d'autre ciel de lit, cette nuit, que la voûte du firmament.

—Parlez-vous sérieusement, Milady ?

—Très-sérieusement, Sire.

—Nous laisserons-nous braver par cette virago ? s'écria le roi, piqué d'entendre une femme lui parler avec une fermeté si calme ; et, se retournant sur-le-champ, il donna ordre à ses soldats d'avancer. Au même instant la comtesse fit un signe à des archers qui étoient derrière le parapet qui bordoit la muraille ; et ils bandèrent leurs arcs.

Quelques nobles écossais qui étoient près du roi, voyant le danger auquel il étoit exposé, se précipitèrent devant lui, et le couvrirent de leurs boucliers, sur lesquels les flèches tombèrent à l'instant même, mais sans blesser personne.

La comtesse sourit, et pour encourager ses soldats, que le feu de son courage enflammoit, elle cria au roi :

— L'aile d'oie est un mauvais souper, Sire, mais je n'ai rien de mieux dans ce château à offrir à votre majesté.

Cependant les archers écossais ne lui laissèrent pas long-temps les honneurs du triomphe. Le péril du roi leur donna des ailes, ils accoururent à la hâte ; et, tendant leurs arcs, toutes les flèches dirigées vers la comtesse ; ils avertirent ses archers de ne pas lancer un seul trait avant que sa majesté fût hors de portée, s'ils avoient quel-

qu'égard pour la vie de leur maîtresse.
Cette espèce de trève ne dura pourtant
qu'un instant ; car la comtesse ordonna à
ses soldats de tirer, et de ne rien craindre
pour elle. Une grêle de traits partit aussitôt
des deux côtés ; mais la nuit qui tomboit
fit qu'on les lançoit presque au hasard,
et peu de sang fut répandu de part et
d'autre.

Pendant ce temps, les Écossais avoient
abattu quelques gros arbres, et ils en disposèrent les troncs pour en faire des béliers pour battre les murailles. La comtesse,
s'en étant aperçue, fit allumer un grand
feu dans la cour du château, et, quand ils
approchèrent des murs pour faire jouer
leurs machines construites à la hâte gros-
sièrement, elle fit tomber sur eux une
telle grêle de fagots et de grosses pièces de
bois embrasées, qu'il fut impossible de se
servir de ces engins destructeurs, et que
ceux qui les traînoient, brûlés d'un côté,
et exposés de l'autre aux flèches de la gar-

nison, se retirèrent en poussant des cris de
rage et de désespoir.

L'obscurité de la nuit rendoit encore
plus imposant le spectacle du combat.
L'immense bûcher allumé dans la grande
cour du château lançoit des tourbillons
de flamme qui teignoient d'un rouge brillant les tours intérieures, tandis que l'extérieur des murailles n'en paroissoit que
plus noir. Les défenseurs du château, que
la lumière frappoit par derrière, sembloient
des maures et des nègres, et leurs sabres
étincelans paroissoient des glaives de feu,
quand ils les levoient contre les ennemis
qui montoient à l'assaut. Les Ecossais au
contraire, ayant le visage éclairé par une
lueur rouge, étoient comme des démons
gravissant un rocher pour sortir de l'abîme
des ténèbres. Et lady Salisbury, debout sur
la plus haute tour, et dirigeant les efforts de
ses soldats, auroit pu être comparée à un fa-
nal placé sur le haut d'un promontoire pour

guider les marins dans de dangereux parages.

Le roi d'Ecosse, après plusieurs tentatives inutiles pour brûler les portes et faire une brèche aux murs, voyant qu'il ne pouvoit s'emparer du château aussi facilement qu'il l'avoit espéré, fit sonner la retraite, et fit camper son armée tout autour, dans le dessein de tenter un second assaut le lendemain matin ; pensant que la comtesse, ayant eu le temps de réfléchir pendant la nuit à l'inutilité de la résistance qu'elle opposoit à des forces si supérieures aux siennes, seroit plus disposée à capituler ; mais ce qu'il regardoit comme la partie foible de la forteresse, une femme pour gouverneur, étoit ce qui en constituoit la force ; car sa fermeté, sa constance, et son courage, enflammèrent tellement ceux qui combattoient pour elle, que le dernier palefrenier de ses écuries devint aussi brave que le plus noble des chevaliers qui soupèrent ce soir avec le roi.

Mais, avant la fin de la nuit, on reçut la nouvelle que l'armée d'Edouard approchoit, et les nobles écossais, craignant de perdre le butin qu'ils avoient fait à Durham, bien loin de songer à un nouvel assaut, ne parlèrent que de repasser la Tweed. En vain le jeune fils de Bruce, du héros de l'Ecosse, leur parla de la bravoure de leurs pères, de la gloire dont ils s'étoient couverts, et leur dit qu'ils se déshonoreroient, si, par cupidité, ils avoient l'air de fuir devant leurs anciens ennemis. Tout esprit d'héroïsme avoit été éteint en eux par l'amour du gain ; et quand le roi Edouard arriva devant le château de Werk, vers midi, il ne trouva d'autres vestiges de l'armée écossaise que les flèches dont la plaine étoit parsemée, les troncs d'arbres à demi brûlés dont on avoit voulu faire des béliers, et les corps de quelques Écossais qui avoient été tués pendant le combat.

CHAPITRE III.

LE ROI ET LA DAME.

> « Je connois un poëte habile
> Qui nous assure avec raison
> Que l'amour est une leçon
> Pour un cœur rendre bien facile. »
>
> *La Parole d'honneur.*

EDOUARD fut enchanté quand il apprit la résolution et l'héroïsme qu'avoit montré sa belle cousine ; et, après avoir fait camper ses forces sur les hauteurs situées autour de Werk, il se rendit au château, accompagné de lord Mowbray et de quelques autres seigneurs, pour voir lady Salisbury,

II.   2

lui offrir le tribut d'éloges qu'elle méritoit si bien, et la féliciter sur le succès qu'avoit obtenu la résistance qu'elle avoit osé faire à une armée royale.

Le roi ne l'avoit pas revue depuis les jours de leur enfance, et il fut si frappé de l'éclat de sa beauté, qu'il se demanda si la femme enchanteresse, pleine de grâces, de charmes et de dignité, qu'il voyoit en ce moment, étoit bien la petite fille gaie et folâtre avec laquelle il avoit joué si souvent. Après lui avoir exprimé le plaisir qu'il avoit à la voir, oubliant tout-à-fait le motif de sa visite, il lui offrit la main pour la reconduire dans le château; car elle en étoit sortie pour venir le recevoir en dehors de la porte. Lord Mowbray et les autres seigneurs qui suivoient le roi s'arrêtèrent un instant, et se regardèrent en silence les uns les autres, ne sachant à quel talisman attribuer l'effet subit que la vue de la comtesse sembloit avoir produit sur son esprit. Enfin ils les suivirent dans un grand salon

où plusieurs tables étoient préparées, et
où l'on avoit servi un banquet aussi somptueux que l'avoit permis le peu de temps
qu'on avoit eu pour l'apprêter.

Edouard, à l'invitation de la comtesse,
se mit à table ; mais on remarqua qu'il man-
geoit peu, préférant repaître ses yeux des
charmes de sa belle parente. Lady Salisbury
elle-même fut d'abord déconcertée par les
regards pleins de feu qu'il jetoit sur elle, et
ne répondoit qu'avec embarras à tout ce
qu'il lui rappeloit des souvenirs de leur
jeunesse. Cependant on s'aperçut bientôt
qu'elle reprenoit sa tranquillité, et que son
calme soutenu réprimoit l'ardeur avec laquelle le roi continuoit à la regarder.

Quand Edouard l'entretenoit de leurs
anciens passe-temps sur les hauteurs de
Windsor, elle lui parloit de ses enfans,
et vantoit surtout l'aîné qui promettoit
d'être le digne rival de son père pour la
bravoure, mais qui ne l'égaleroit jamais en

beauté. Quand il lui exprimoit le plaisir qu'il avoit à la voir ornée de tant de charmes, elle lui demandoit des nouvelles de sa cousine la reine Philippe, faisoit l'éloge de ses aimables qualités, et regrettoit que l'absence de lord Salisbury l'obligeât à fixer sa résidence si loin de la cour, et à rester exposée aux hasards et aux dangers de la guerre.

— Car, ajouta-t-elle, quoique la situation d'une dame sans défense et sans protection doive lui donner droit au respect de tout vrai chevalier, il en est plus d'un qui en porte le titre, et qui oublie qu'il doit être consacré par l'honneur.

Ce fut ainsi qu'elle continua à lui rappeler de temps en temps, avec discrétion, ce qu'il lui devoit et ce qu'il se devoit à lui-même ; réprimant la violence de la passion qu'il ne pouvoit s'empêcher de laisser paroître, par la délicatesse modeste des reproches indirects qu'elle lui en adressoit ;

et par la dignité pleine de douceur de ses
yeux sereins, dont le regard étoit ausi pur
que la lumière qui part des astres du firmament.

Tout à coup on entendit dans le vestibule un bruit qui annonçoit une altercation
sérieuse : plusieurs voix sembloient mena-
cer ; une autre supplioit et se plaignoit ; et,
à l'instant où le roi venoit de donner ordre
qu'on s'informât de la cause de ce tumulte,
la porte de la salle s'ouvrit, et un des domestiques de lord Mowbray y entra, te-
nant d'une main les vêtemens qui avoient
appartenu au jeune Rothelan, et traînant
de l'autre le Juif Shébak, qu'il avoit empoi-
gné par le cou, et qui s'épuisoit en efforts
infructueux pour lui échapper.

Le roi reconnut sur-le-champ, à la livrée,
à qui appartenoit ce domestique ; et, s'a-
dressant à lord Mowbray, il lui dit avec vivacité qu'il devroit veiller à ce que ses gens
se conduisissent plus respectueusement dans

une maison étrangère, et en présence de leur souverain.

— Sire, répondit lord Mowbray, peu charmé de s'entendre gourmander par le roi, en présence de plusieurs de ses égaux, si ce maraud s'est oublié, ce n'est pas sans quelque raison.

Et, quittant sur-le-champ la table, il sortit en ordonnant à son valet de le suivre avec le Juif, qu'il interrogea dans une pièce voisine. Après une assez courte absence, il rentra dans la salle du banquet, rapportant les vêtemens de son page; et, les ayant fait voir au roi et à lady Salisbury, il leur raconta l'histoire de Rothelan, ou pour mieux dire, il leur dit que ce jeune homme lui avoit été recommandé par sir Amias de Crosby, et qu'il avoit disparu à York : il fit l'éloge des talens qu'il possédoit déjà, de son adresse, de sa bonne mine, et finit par regretter qu'il fût tombé entre les mains d'un homme tel que Gabriel de

Glowr, qui avoit eu l'âme assez sordide pour vendre ses vêtemens à un Juif.

Lady Salisbury, quoique attendrie presque jusqu'aux larmes, au récit des malheurs d'un jeune orphelin, ne fut pourtant pas fâchée que cet incident eût rompu le cours de la conversation passionnée du roi; et elle dit à lord Mowbray qu'il devroit laisser à Werk les vêtemens de son page, afin qu'on pût prendre quelques informations des paysans des environs, qui pourroient peut-être avoir appris sur les frontières quel étoit et où demeuroit ce Gabriel de Glowr, dont Shébak avoit heureusement retenu le nom.

Malgré les dissensions implacables qui, depuis l'invasion de l'Ecosse par Edouard Iᵉʳ, roi d'Angleterre, avoient divisé les deux nations, il régnoit cependant toujours des relations fréquentes entre les habitans des deux frontières, qui se chargeoient de transmettre des messages et des

propositions pour racheter tantôt des prisonniers, tantôt des bestiaux enlevés. On
peut dire pourtant, à l'honneur des guerriers du nord, qu'ils aimoient mieux prouver la valeur qu'ils attachoient à ce que leur
avoient pris ceux du midi, en cherchant
à s'en indemniser à main armée, qu'en
le rachetant à prix d'argent; et un certain
nombre d'éperons ou de lances étoit en
général la monnoie avec laquelle un Ecossais, à cette époque, payoit la rançon
d'un prisonnier. Mais revenons-en à notre
histoire.

Le roi Edouard, remarquant la compassion qu'inspiroit à la comtesse le sort du
page prisonnier, affecta d'être lui-même
fort touché de ses infortunes, afin d'obtenir, par l'intérêt qu'il prenoit à lui, un
titre aux bonnes grâces de lady Salisbury;
il promit même d'envoyer en Ecosse un
poursuivant d'armes pour s'y occuper de
la recherche du jeune page, et négocier
sa rançon si l'on pouvoit le trouver. En

attendant, il fixeroit son quartier-général
au château de Werk; car, d'après l'a-
vance qu'avoit le roi David, on ne pouvoit
douter qu'il ne fût déjà bien près de
Jedbourg, et il étoit inutile de chercher
à le poursuivre. D'ailleurs une grande
forêt séparoit les deux armées, et il seroit
imprudent de s'y engager avant d'avoir
des nouvelles certaines de la marche des
ennemis.

Et c'est ainsi que le prétexte spécieux
du bien public sert souvent de voile
à des résolutions inspirées par le désir
de servir des intérêts particuliers.

~~~~~~

CHAPITRE IV.

LE POÈTE.

« Je trouverai quelqu'un qui saura lire,
    Qui sera capable d'écrire,
  Et qui même fera des vers. »

Arden de Feversham.

LE roi Edouard, comme il l'avoit promis à la comtesse de Salisbury, envoya
le soir même en Ecosse un poursuivant
d'armes chargé d'une lettre adressée au
roi David, pour le prier de faire chércher
le page de lord Mowbray. Ces actes de
courtoisie réciproque n'étoient pas rares
à cette époque entre les monarques qui

étoient en guerre; mais, indépendamment
de l'usage du temps, il existoit un lien
de parenté entre ces deux princes, David
Bruce ayant épousé une sœur d'Edouard
Plantagenet. Ce mariage avoit été concerté
pour calmer l'animosité qui régnoit entre
les deux royaumes; mais il paroît, d'après
les détails dans lesquels nous venons d'entrer
que ce projet louable n'avoit pas réussi.
Au surplus la désunion se glisse souvent
dans le sein des familles les mieux réglées,
et pourquoi celles des rois en seroient-
elles toujours exemptes? Il est pourtant juste
d'ajouter que la guerre qui avoit lieu alors
entre l'Angleterre et l'Ecosse n'avoit pas
pris sa source dans l'inimitié personnelle
des deux souverains. Elle étoit aussi juste
et aussi nécessaire que le sont ordinairement toutes les guerres, ayant été entreprise par les deux rois, d'après l'avis de
leur conseil d'état, pour l'utilité de leurs
sujets respectifs, dans les vues les plus
libérales, et en conséquence de tous ces

grands motifs de bien public qui engagent
de temps en temps les rois à donner au
paysan et au berger un habit couvert
de galons de laine, et à les mettre avec
grand fracas sur le chemin de la gloire.

Mais, quelle que pût être la responsabi-
lité des ministres anglais, relativement aux
causes et aux conséquences de cette guerre,
la conduite de leur maître au château de
Werk étoit bien certainement son affaire
personnelle. Les historiens ne sont pas
d'accord dans le récit qu'ils font de
ses relations avec la comtesse de Salisbury; et Froissart, qui jouit d'une réputation que nous ne chercherons pas à
ébranler, raconte tout ce qui se passa
entre eux avec autant de détails que s'il
avoit été gentilhomme de la chambre, ou
qu'il eût écouté derrière une tapisserie.
Mais, malgré la fidélité apparente de sa
relation, celle de l'auteur que nous sui-
vons paroît la plus véridique, parce qu'il
s'y trouve des incidens qui la rendent

plus vraisemblable, et qui démontrent qu'il a eu accès à des sources d'informations infiniment supérieures. Par exemple il rapporte une circonstance que voici, et dont Froissart ne paroît pas avoir eu connoissance.

Lorsque le roi se fut retiré dans l'appartement où il devoit coucher, il s'assit, et sans prononcer un seul mot fit signe aux gens de sa suite qu'il vouloit être seul. Lorsqu'ils se furent retirés, il resta long-temps à réfléchir, le coude droit appuyé sur une table, et la main gauche placée sur le pommeau de son sabre, qu'il avoit mis sans le savoir entre ses genoux en s'asseyant. La grâce et l'amabilité de la comtesse s'étoient gravées dans son cœur; mais l'air de vertu et de dignité qu'il avoit remarqué en elle l'empêchoit de se livrer à ses désirs; « comme les gommes et les parfums d'Égypte arrêtoient la corruption, » et conservoient à la mort l'apparence de » la vie. »

—Sa présence m'en impose, se dit-il tout
haut à lui-même; les chastes réprimandes de
ses yeux, pleins d'une douceur religieuse,
me rendent son adorateur plutôt que son
amant..., son amant ! C'est un nom que
l'heureux Salisbury a seul le droit de porter, heureux sans doute, puisqu'il peut
goûter sur ses lèvres un nectar plus pur
que celui que les poëtes ont supposé qu'Hébé
verse à Jupiter ; mais pourquoi céder aux
suggestions de désirs si profanes ? et en ce
moment ! Quand tous les hommes vertueux
sont plongés dans le repos ! Quand l'inno-
cence, souriant dans ses rêves, goûte un
sommeil aussi doux que profond ! Saint-
George, écarte le démon tentateur qui
travaille si ardemment à me couvrir
d'ignominie !

Il se leva brusquement, jeta son sabre
sur la table, et se mettant à marcher à
grands pas, tantôt levant la tête avec fierté,
tantôt la baissant de manière que son
menton touchoit presque à sa cuirasse,

il fit trois ou quatre fois le tour de sa chambre , dans le plus grand trouble d'esprit.

Après avoir ainsi passé quelque temps à se livrer des combats intérieurs, il se rassit devant la table, repoussa son sabre, et tira près de lui une lumière, comme s'il eût eu dessein d'écrire ; l'instant d'après , il se tourna sur sa chaise , et appuya un bras sur le dossier, comme si son projet n'étoit pas encore bien formé. Il se leva une seconde fois, se promena encore d'un pas inégal, ses pensées se succédant rapidement dans son esprit , comme les nuages chassés par le vent. Il se rapprocha de la table, et il étoit sur le point de se rasseoir, quand une nouvelle idée le frappa. Il s'arrêta tout à coup, sourit et appela dans l'antichambre un jeune secrétaire nommé Chaucer , qui étoit toujours prêt à recevoir ses ordres, et qui étoit sans doute le grand poëte qui porta ce nom.

— Chaucer, lui dit le roi, prends de l'encre, une plume et du papier, il faut que tu me composes un madrigal : et, pour qu'il soit digne du sujet, invoque la plus gracieuse des muses, afin qu'elle t'inspire de telle sorte que si tu parles de soupirs, ces soupirs soient entendus par celle qui le lira, et que, lorsque tu parleras d'amour, ce soit de manière à attendrir le cœur du plus dur Sarrasin.

Le jeune poëte, dit le manuscrit dans lequel nous copions fidèlement ce dialogue, sembloit avoir une simplicité aussi pastorale que le berger qui n'a pas encore fait pour sa Philis une guirlande de fleurs champêtres. Il prépara tout ce qu'il lui falloit pour écrire, regarda le roi, et lui demanda à qui sa majesté vouloit adresser ce madrigal.

— A une femme, répondit le roi, qui réunit en elle toutes les grâces et toutes les vertus de l'univers. Commence; tu ne peux la flatter; toutes les épithètes que tu pourras employer n'exprimeront pas la dixième partie de ce qu'elle mérite; commence, te dis-je; je vais réfléchir pendant que tu écriras.

— Mais à qui dois-je écrire, Sire? demanda le poëte.

— Ne t'ai-je pas dit de parler d'amour et de beauté? répondit le roi d'un ton moitié badin, moitié sérieux; que te faut-il de plus?

— Je voudrois savoir, Sire, quelle est la condition de cette dame, afin d'y proportionner mes termes.

— Eh bien! suppose quelle est la reine de l'univers, et que je suis le tabouret qu'elle foule aux pieds. Pourquoi n'écris-tu pas? Mais comment pourrois-tu t'exprimer comme je le voudrois? ta poésie découle de tes doigts, et il faudroit qu'elle partît du cœur; ta plume va parler de rossignols, de roses, de l'enfant Cupidon,

2*

et d'autres fadaises semblables, tandis
qu'elle devroit peindre une passion forte,
ardente, une robe de feu qui consume et
dont on ne peut se dépouiller.

Le jeune poëte, la plume à la main,
regardoit le roi avec surprise, tandis qu'E-
douard continuoit comme s'il se fût parlé
à lui-même.

— Le soldat seul peut parler de guerres,
le prisonnier de cachots, le malade des
souffrances du corps, celui qui a faim
connoît le prix du pain, celui qui a froid
la valeur du feu ; tous les chagrins peuvent
peindre les plaisirs qui y sont opposés. Et
quel autre qu'un amant peut décrire les
douceurs ou les angoisses de sa passion ?

S'approchant alors de Chaucer, il lui
prit la plume des mains en lui disant :

— Retire-toi, je serai moi-même mon
poëte. Mais, avant que le jeune homme eût
quitté l'appartement, il avoit déjà renoncé
à ce projet. Il jeta la plume sur la table,

réfléchit encore quelque temps, et appela
ses pages pour faire délacer sa cuirasse;
il se jeta ensuite sur son lit, mais tous les
efforts qu'il fit pour calmer l'agitation de
ses sens ne purent lui procurer de sommeil.

~~~~~~

CHAPITRE V.

LA JARRETIÈRE.

« Mieux vaut mourir avec tout mon renom,
Que vivre avec ignominie.
Hélas! de moi que diroit-on,
Si, parjure au nœud qui me lie,
Pour vous j'oubliois un époux ?»

Locrine.

LES réflexions que fit lady Salisbury cette même nuit ne furent pas plus agréables que celles du roi son parent, quoique d'un genre différent. La crainte bannit le sommeil de ses paupières, ou, s'il les fermoit un instant, des rêves horribles les lui faisoient rouvrir aussitôt. Elle songeoit à son mari absent, absent pour

le service de son maître, et au brave Urie,
placé par ordre de David au poste le plus
dangereux, et tombant percé de coups en
combattant vaillamment. Quelquefois elle
croyoit faire injure au roi en se livrant à
de telles appréhensions, et se recomman-
dant à la protection de la sainte Vierge
elle tâchoit de les ensevelir dans la sommeil ; mais, si Morphée tentoit de secouer
ses pavots sur ses yeux , les alarmes qui
l'entouroient le forçoient à déployer ses
ailes pour s'enfuir.

Dès que la lumière du jour parut à
travers les fenêtres de sa chambre ; elle se
leva, et descendit dans les bosquets du
parc dans l'espoir que la fraîcheur de l'air
du matin seroit un baume qui calmeroit
l'agitation produite par ses inquiétudes.
Mais, quand elle fut arrivée au-delà d'une
haie d'ifs qui s'étendoit devant elle comme
un grand paravent, elle vit le roi à quelques pas s'avançant vers elle, les bras
croisés et les yeux baissés.

Sa première idée fut de quitter le jardin et de se retirer dans sa chambre, mais elle rejeta cette idée comme indigne d'elle, et s'avança vers Edouard d'un pas ferme et avec un air serein.

— Je suis fâchée, lui dit-elle, de voir votre majesté se promener de si grand matin et d'un air si pensif; cela ne fait pas l'éloge de l'hospitalité du château de Werk.

Il resta les yeux fixés sur elle environ une minute, et lui répondit avec quelque hésitation :

— Quelqu'un m'a fait grand tort, Milady, depuis mon arrivée en ce château.

— A Dieu ne plaise! s'écria la comtesse. Mais comment cela est-il possible? qui peut être le coupable? Elle en auroit dit davantage, mais le feu qu'elle vit briller dans les yeux du roi la déconcerta; cependant son trouble ne dura qu'un instant, et elle ajouta d'un ton plus grave :

— Je prie votre majesté de me dire de quoi elle a à se plaindre afin que je tâche d'y remédier.

— Etes-vous préparée, belle cousine, à porter bien loin cette disposition favorable? demanda le roi en lui prenant la main.

— Aussi loin que le peut une femme, répondit la comtesse.

— En ce cas, s'écria le roi avec gaieté, je n'aurai pas à me plaindre bien long-temps.

— Votre majesté peut-elle douter de ma sincérité? dit lady Salisbury avec quelque embarras, d'une voix tremblante et en baissant les yeux.

— Dites donc que vous ferez ce que je vous demanderai, dit le roi, jurez-le-moi.

Elle jeta sur lui en ce moment un regard qui lui fit lâcher la main qu'il tenoit encore dans la sienne, et la levant vers le ciel elle dit d'un ton solennel : — Je vous le jure.

Edouard la regarda avec un air de doute. Il sourit, mais ce sourire ne fit que paroître un instant sur ses lèvres. Enfin il lui dit : — Je vous adore, belle cousine, et vous seule pouvez me rendre heureux. Le tort que j'ai souffert en ce château, c'est la perte de la paix de mon cœur que vous-même en avez bannie, et que votre amour seul peut y faire rentrer.

En faisant cette déclaration, il fléchit un genou devant elle et voulut de nouveau lui prendre la main, mais la comtesse fit un pas en arrière.

— Votre majesté possède déjà tout mon respect, lui dit-elle, et tout l'amour qu'il est en mon pouvoir de lui accorder ; mettez-moi à l'épreuve, Sire, et vous verrez si je vous en impose.

— Je vous adore, répéta le roi en se levant.

— Si c'est la beauté qu'on me suppose que vous aimez, dit la comtesse, prenez-la, si cela vous est possible, et je n'en regretterai pas la perte : si c'est ma vertu, prenez-la également, car elle ne fait qu'augmenter quand on en fait part aux autres.

Le roi fut embarrassé, et ne sut trop que répondre; cependant, se donnant un air plus familier, il lui dit en souriant :

— Je ne voudrois pas vous ravir votre beauté, quand même mon pouvoir s'étendroit jusque là. Je ne vous demande que ce que vous pouvez m'accorder, et ne venez-vous pas de jurer que vous m'accorderiez ce que je vous demanderois?

— Oui, et je l'ai juré avec vérité et sincérité; mais on ne peut donner que ce qu'on possède.

— Trêve de persifflage, belle cousine. Je ne demande pas que vous me donniez rien; c'est un troc que je vous propose : amour pour amour.

II.   3

Il se jeta une seconde fois à ses pieds, et la comtesse recula encore en lui disant avec un air de tristesse et de compassion :

— Votre majesté m'offre ce qui ne lui appartient pas, et si les lèvres qui viennent de prononcer le mot amour n'étoient pas sacrées, je dirois qu'elles l'ont profané. Ce que vous m'offrez appartient de droit à la reine. Relevez-vous, Sire; pouvez-vous abaisser ainsi celui devant lequel tous les genoux doivent plier? Votre demande ne s'accorde guère avec votre noble caractère. Celui qui contrefait votre monnoie est puni de mort, comme coupable d'un acte de trahison envers vous, et vous en commettez un vous-même envers Dieu, en présence de qui vous vous êtes lié par des vœux solennels. Je suis épouse de lord Salisbury, Sire, mais tout ce que vous venez de me dire n'étoit sans doute que pour m'éprouver.

En achevant ces mots, quelques larmes

coulèrent de ses yeux : elle garda le silence quelques instans, et le roi, lui saisissant une main, y appuya ses lèvres.

— Eh bien, dit-elle, je consens à tout ce qu'il vous plaira ; mais à une condition.

— Quelle est-elle ? s'écria Edouard transporté de joie, et croyant qu'elle cédoit.

— La mort de la reine, votre épouse, et celle du comte de Salisbury, mon époux, lui dit-elle d'un ton grave et solennel : tant qu'ils vivront, votre amour et le mien leur appartiennent.

Le roi tressaillit, mais il fit un effort pour tourner ce propos en plaisanterie, et lui dit avec un air de gaieté forcée :

— Votre condition est contraire à toutes les lois.

— De même que ce que vous désirez de moi, répondit la comtesse.

— Eh bien, eh bien, s'écria le roi en

se relevant brusquement, et en la serrant dans ses bras, votre beauté les rend coupables ; ils mourront !

— J'appellerois du secours, dit lady Salisbury avec dignité, si je ne savois qu'en présence du roi d'Angleterre le dernier de ses sujets ne doit craindre aucun outrage.

Le roi fit à son tour quelques pas en arrière, et dit avec respect :

— Ne craignez rien, Milady ! vous n'avez rien à craindre ! L'insensé qui a osé vous insulter par l'aveu d'une passion illégitime n'étoit pas le roi d'Angleterre. Le roi le punira de manière à vous venger de l'insulte qui vous a été faite. Oui, Edouard imposera à Plantagenet une pénitence pour la faute qu'il a commise. Désignez-la vous-même.

La comtesse fut émue par ce discours ; mais, conservant toujours le ton grave et sérieux qu'elle avoit pris pendant toute cette conversation , et qui avoit soutenu sa fermeté , elle lui dit :

L'univers s'attend, Sire, à vous voir acquérir une renommée impérissable, et couvrir l'Angleterre de gloire dans la guerre qui a lieu en ce moment. Vos droits à la couronne de France sont un appel que vous fait le dieu des batailles à accomplir les espérances du siècle. Obéissez à cet appel, et remplissez l'attente que votre peuple a conçue de votre destinée.

Le roi , rendu à toute son élévation d'âme par ce conseil chevaleresque , et se livrant à ses idées d'ambition , s'écria sur-le-champ :

— Et cette attente sera remplie. Je fais le vœu d'exécuter la pénitence que vous m'imposez ; et le souvenir de ce vœu sera consacré par quelque symbole qui deviendra si glorieux , comme gage d'une valeur héroïque , que les plus puissans rois se feront honneur de l'obtenir et de le porter.

A ces mots, inspiré par un nouveau sentiment d'admiration respectueuse, il s'agenouilla encore, et baisa la main de la comtesse. Remarquant en ce moment que sa jarretière s'étoit détachée, il se baissa pour la ramasser dans l'intention de la lui présenter, mais, précisément en cet instant, lord Mowbray, lord Warwick et plusieurs autres barons, arrivèrent, et voyant le roi un genou en terre et une jarretière à la main ils s'arrêtèrent et se regardèrent les uns les autres en souriant.

Edouard s'étoit relevé, et jugeant de ce qui se passoit dans leur esprit, tandis qu'il étoit occupé d'idées bien différentes, il s'écria :

— Fi ! Milords, fi ! HONNI SOIT QUI MAL Y PENSE ! Ne rougissez pas de cet accident, Milady : cette jarretière sera le souvenir de mon vœu, le symbole dont je vous parlois ; je la ferai honorer autant que les reliques de saint George.

Il offrit alors le bras à la comtesse pour la reconduire au château ; et tel fut, suivant notre auteur, l'incident auquel dut naissance le noble ordre de la Jarretière. Il entre ensuite dans des détails très-circonstanciés sur l'institution de cet ordre ; mais nous ne croyons pas qu'il soit à propos de les rapporter ici ; car, pour suivre le roi Edouard dans sa visite au château de Werk, nous nous sommes un peu écartés de notre histoire, et nous pensons qu'il est temps d'y revenir.

~~~~~~

CHAPITRE VI.

LA BIENVENUE.

« Porte d'airain , muraille formidable
Résisteront aux efforts du canon.
Langue de femme est bien plus redoutable ;
Car rien ne peut y résister, dit—on. »

Chanson nouvelle.

PENDANT ce temps, Gabriel de Glowr ,
avec Rothelan et les restes du butin qu'il
avoit fait à Durham , étoit arrivé à Falaside. C'étoit une grande vieille tour , gar-
nie de tourelles et de fortifications, et dans
les murs de laquelle des meurtrières avoient
été pratiquées à chaque étage , en un mot
digne de servir de demeure à un guerrier
campagnard, vivant du produit de ses

champs et de celui de sa gloire. Si l'on
n'avoit pas été rassasié, depuis quelques
années, de semblables descriptions, nous
aurions donné ici celle que fait notre auteur de cet édifice, par égard pour les ama-
teurs du pittoresque, et parce qu'elle est
remplie de traits particuliers, fort difficiles à peindre et plus difficiles à expliquer.
Nous avouerons d'ailleurs que nous n'avons
pas un goût très-prononcé pour ce genre ;
nous préférons une vieille commère ayant
un caractère singulier, ou un original ayant
une tournure plaisante, à tous les châteaux
et à toutes les tours mystérieuses de la
chrétienté. Nous espérons donc que le lec-
teur nous pardonnera de ne pas lui dire un
mot de plus sur la forteresse de Falaside ,
si ce n'est que c'étoit une habitation digne
d'un baron écossais , dans un siècle où les
juges de paix n'étoient pas encore inventés,
du moins en Ecosse. Mais nous nous éten-
drons un peu davantage sur la maîtresse de
ce château-fort; car nous trouvons dans

son extérieur et dans son caractère quelque chose de plus attrayant.

La dame de Falaside paroissoit une
matrone d'un naturel paisible et toujours
maîtresse d'elle-même; sa voix étoit douce
et mielleuse, et toutes ses paroles dorées.
Cependant elle avoit la figure revêche,
et ses yeux avoient une vivacité sournoise
qui annonçoit que, malgré ses douce-
reuses paroles, l'urbanité n'étoit pas une
qualité inhérente à son caractère. Elle
avoit passé le pont de la cinquantaine, et
elle étoit de la race la plus maigre de
femme qu'on ait jamais pu voir; jamais elle
n'avoit l'air empressé, cependant elle
étoit toujours en mouvement, et ne cessoit
du matin au soir de gronder ses domestiques des deux sexes, avec un sang-froid
imperturbable.

Quand le concierge du château l'eut
avertie que Gabriel de Glowr approchoit,
elle se rendit à la porte pour recevoir

son seigneur et maître, et le féliciter d'être de retour de la guerre. Mais, avant qu'il fût assez près pour recevoir un embrassement conjugal, elle remarqua, pendant qu'il descendoit de cheval, qu'il avoit le front sourcilleux et le visage enflammé, symptômes qui étoient la suite de sa rencontre avec les bourgeois de la ville de Musselbourg, et en consé uence, en femme sage et prudente, elle prit pour l'accueillir le ton qu'elle jugea le plus convenable à la circonstance.

— Rendez grâce au ciel d'être de retour chez vous, lui dit-elle, quand même ce seroit aux dépens de quelque peu d'honneur; quant à moi, je suis réellement bien aise de vous voir, et quand vous reviendriez les mains vides je m'en consolerois; car ce seroit bien pire si vous étiez revenu avec un bras ou une jambe de moins. Ainsi, Gabriel, je suis contente.

— Contente ! répéta le baron de Falaside en la regardant avec des yeux pénétrans ; je brûlerai, cette coquine de ville, pour le tort qu'elle m'a fait aujourd'hui.

— Quel tort vous a-t-on donc fait, mon cher Gabriel ? demanda la dame de Falaside en prenant sa voix la plus douce et la plus insinuante.

— J'avois fait un butin comme jamais laird des frontières n'en avoit fait avant moi. Mais les habitans de Musselbourg et leurs femmes sont tombés sur nous près de Carberry-Hill, et m'en ont volé la moitié. Puissent mille diables les étendre sur des grils de fer rouge pour les en punir !

— A coup sûr, Gabriel, vous n'avez pas été assez foible pour vous laisser enlever votre butin par les vieilles femmes de Musselbourg.

— Qu'appelez-vous, vieilles femmes ! s'écria Gabriel de Glowr.

— Cela feroit le sujet d'une jolie ballade, ajouta son épouse, toujours sur le même ton, mais quel est ce jeune singe que vous nous ramenez ?

Gabriel de Glowr regarda derrière lui, et vit Rothelan, qui venoit de descendre de cheval, et sembloit nager dans les grandes culottes du maire de Durham. Se tournant alors vers sa femme, il lui dit en souriant.

C'est un aigle couvert de plumes de poulet. Je vous recommande de bien le traiter et avec courtoisie, car vous ne vous doutez pas de ce qu'il peut nous valoir. C'est tout au moins un page du roi Edouard, peut-être même un petit prince. Je voudrois que vous eussiez vu les vêtemens qu'il portoit quand il est tombé entre mes mains !

— Et qu'en-avez vous fait ?

— Ils étoient de velours pourpre, tout couvert d'or et de broderie ; chaque bouton

étoit d'or massif. Je les ai vendus trente-
trois nobles d'or à la rose.

— Et, tirant de sa poche la bourse qui
les contenoit, il les fit sonner avec un air
de satisfaction.

—Seulement trente-trois, j'ose dire que
ce n'étoit pas la moité de leur valeur. Mais
je ne vous fais pas de reproches, Gabriel:
il ne convient pas à une femme de se plaindre de son mari ; et, quand un homme agit
suivant le jugement qu'il a, on ne peut
en exiger davantage, mais, si vous en avez
trouvé trente-trois nobles dans le tumulte
d'un camp, combien n'en aurions-nous
pas eu sur le marché d'Edimbourg ou de
Saint-Johnstoun ?... C'est un malheur,
Gabriel, et il faut le supporter. Quant à
cette affaire avec les vieilles femmes de
Musselbourg, je doute fort. ...

— Et de quoi diable doutez-vous ? Je
vous dis que ce n'étoient pas des vieilles

femmes. Hommes, femmes, tout y étoit, et Clinkscales à leur tête.

— Ah! c'est bien le pire de l'histoire! penser que le baron de Falaside a été obligé de céder à un magistrat de Musselbourg!

Gabriel lui jeta un regard de travers, et entra dans le château. La dame s'adressa alors à un des soldats qui avoient fait la campagne avec leur maître, et lui demanda des détails plus étendus sur la rencontre qui avoit eu lieu avec les habitans de Musselbourg; mais le courroux de Robin Louper, à ce sujet, ne le cédoit en rien à l'indignation du baron, et elle obtint de lui si peu de satisfaction, qu'elle prit enfin le parti de questionner Rothelan.

Soit que la malice dictât la réponse du page, soit qu'il eût assez de discernement, tout jeune qu'il étoit, pour distinguer le caractère véritable de la maîtresse du logis, soit enfin que le ressentiment le portât à se venger de l'insulte que lui avoit faite

Gabriel de Glowr, en le dépouillant de
son beau costume , ce que nous ne pren-
drons pas sur nous de décider , il est certain du moins que sa réponse ne fut pas
calculée pour procurer au baron un accueil
plus favorable.

— Oui , dit-il , nous avons été attaqués
par une troupe de femmes. Elles avoient
sans doute leurs raisons pour entourer ainsi
le baron ; mais elles n'avoient point d'enfans avec elles : je n'en ai pas vu un seul.
Je ne crois pas que le sultan des Sarrasins
ait un si grand nombre de femmes. Et il y
en avoit qui étoient si belles ! Le baron...

La dame ne répondit rien à ces insinua-
tions, et il ne paroît pas qu'elle fût très-
reconnoissante des renseignemens préten-
dus qu'il lui donnoit; car elle le gratifia
d'un bon soufflet , et le quitta brusquement pour rentrer chez elle. Le page la
remercia par un cri qui se changea gra-
duellement en un éclat de rire qui se com-

muniqua à Robin Louper et à ses compagnons.

Notre auteur rapporte ici plusieurs autres
détails relatifs au retour de Gabriel de
Glowr dans son château et à la réception
de notre héros à Falaside, et termine ce
récit par quelques belles réflexions morales
sur l'irrévérence avec laquelle les yeux de
la jeunesse regardent les foibles et les in-
firmités d'un âge avancé; tirant des divers
incidens de cette petite scène des sentences
et des maximes faites pour améliorer la gé-
nération naissante, et pour réprimer l'esprit malicieux des jeunes gens que les
hommes mûrs et sages condamnent avec
tant d'emphase, parce qu'ils ne peuvent
plus goûter la douceur d'une espiéglerie.

CHAPITRE VII.

LE SAC DE MUSSELBOURG.

> « Briarée aux cent bras a saisi cent montagnes ;
> Elles fendent les airs ; Jupiter en frémit.
> Sur l'écu du dieu Mars l'Olympe rebondit ;
> L'Hœmus est repoussé par la divine égide. »
>
> *Locrine.*

Après avoir décrit l'arrivée et la réception de Rothelan à Falaside, notre auteur le perd encore de vue pendant plusieurs chapitres, ou pour mieux dire, le peu qu'il en dit n'ait ni aussi clair, ni aussi bien lié que nous l'aurions désiré. Dans le fait, le plus grand défaut du LIVRE DE BEAUTÉ est une insouciance à cet égard à peu près semblable à celle des anciens auteurs dramatiques anglais, qui introduisent dans leurs premières scènes des personnages dont on attend beaucoup, et qui ensuite ne leur donnent rien à faire, ou se dispensent même de les faire reparoître.

Il nous apprend pourtant, comme en passant, que le poursuivant d'armes que le roi Edouard, pour plaire à la comtesse de Salisbury, avoit envoyé en Ecosse, arriva à Edimbourg le jour même que le roi David rentra dans son palais d'Holyrood, et que ce monarque, ayant appris l'objet de sa mission, chargea un de ses officiers de le conduire chez Gabriel de Glowr.

Il paroît que cet officier avoit quelques liaisons avec le fameux Clinkscales, et en passant par Musselbourg pour se rendre à Falaside il engagea le poursuivant d'armes à entrer chez le digne magistrat pour se reposer et prendre quelques rafraîchis-

semens. Clinkscales apprit ainsi qu'on attachoit une certaine valeur à la personne
de Rothelan et voyant, quoique indis-
tinctement, dans la perspective des possi-
bilités qu'il pourroit peut-être tirer parti
de cette circonstance pour son avantage
personnel; peut-être aussi, ne se sou-
ciant pas que l'officier du roi David apprît
l'histoire de sa rencontre avec Gabriel de
Glowr, il assura ses deux hôtes que le
baron étoit un homme qui ne se dessai-
sissoit pas facilement de ce qui lui étoit
une fois tombé sous la main, et que, s'ils
alloient de but en blanc lui demander la
liberté du page, il trouveroit infaillible-
ment quelque moyen pour les tromper et
pour se dispenser de faire droit à leur
demande.

— Si vous voulez m'en croire, dit-il
au poursuivant, c'est une affaire qui a
besoin d'être conduite par une main douce
et adroite. Plus vous y mettrez de douceur
et d'adresse, plus vous aurez d'espoir de

réussir. Mon ami retournera à la cour pour remplir ses devoirs ; vous resterez avec moi, et nous aviserons ensemble aux meilleurs moyens à employer.

— Mais, répondit le poursuivant, nous avons pour nous l'autorité du roi David ; il n'est pas possible que Gabriel de Glowr se refuse à y céder..

— Peut-être oui, peut-être non, répliqua le magistrat ; il ne m'appartient pas de dire s'il s'y refusera, mais je sais que, si j'avois sur mes épaules la tête d'un officier du roi, je ne voudrois pas entrer dans la tour de Falaside sans en avoir la permission du maître. Suivez donc mon conseil, mon cher ami, ajouta-t-il en s'adressant à l'officier écossais, retournez à Edimbourg, laissez votre ami avec moi, et je ferai pour lui plus que vous ne pourriez faire.

A force de raisonnemens semblables, Clinkscales décida l'officier à partir, et le poursuivant d'armes resta à Musselbourg.

Pendant ce temps, l'esprit de vengeance du baron de Falaside ne s'étoit pas ralenti ; au contraire chaque minute sembloit ajouter au désir qu'il avoit de punir d'insolens bourgeois de la témérité qu'ils avoient eue de lui ravir une partie de son butin, désir que contribuoient encore à irriter les remarques aigre-douces de sa chère épouse, de sorte qu'à l'instant même où avoit lieu la conversation que nous venons de rapporter, il projetoit une attaque contre Musselbourg pour la nuit suivante, tant pour assouvir son courroux, que pour s'indemniser de la perte qu'il avoit essuyée.

L'auteur ne nous dit pas quels étoient les projets que la vengeance inspiroit à Gabriel de Glowr, et jusqu'à quel point il comptoit la porter ; mais il nous apprend que la vue des préparatifs qu'on faisoit pour cette expédition excita l'ardeur et la curiosité des enfans, des soldats de

la garnison et des serviteurs du baron ; et
Rothelan , malgré la rancune qu'il conservoit encore contre Gabriel , avoit
un tel goût d'instinct pour les aventures,
qu'il se sentit enflammé d'un esprit guerrier, et il proposa à ses jeunes compagnons
de se mettre à leur tête et de les conduire
à l'attaque de Musselbourg. Cette proposition, suggérée par un héroïsme puissant,
fut accueillie d'autant plus volontiers, que
tous ces enfans furent enchantés du plan
d'opérations militaires qu'il avoit imaginé.

Il avoit remarqué que tous les toits des
maisons de Musselbourg étoient couverts
en chaume, et il pensa sur-le-champ qu'y
mettre le feu seroit un exploit aussi glorieux qu'éclatant : mais c'étoit une entreprise dont l'exécution n'étoit pas très-facile;
car la ville étoit protégée par une haute
muraille qui l'entouroit, et il étoit impossible de jeter par-dessus des matières com-
bustibles enflammées. Il proposa donc à
ses compagnons d'attraper des moineaux

en aussi grand nombre qu'ils le pourroient,
et de leur attacher ensuite aux pates des
mèches allumées. En conséquence, avant
que Gabriel de Glowr et sa troupe fussent
prêts à se mettre en marche, nos jeunes
guerriers s'étoient assurés d'une quantité
considérable de moineaux et de mèches,
et plaçant une chandelle dans un vieux
casque de fer rouillé, espèce de lanterne
sourde fort usitée à cette époque, ils suivirent le corps d'armée du baron dans sa
marche vers Musselbourg.

La nuit commençoit à tomber quand
les maraudeurs partirent du château ; mais
il y avoit encore un reste de crépuscule
qui venoit du côté de l'occident. Le vent
souffloit du nord avec force, et le bruit
des vagues se faisoit entendre dans le
lointain ; les étoiles s'apercevoient dans le
firmament, mais sans briller de leur éclat
ordinaire, car l'atmosphère étoit remplie
de vapeurs qui rendoient le chemin glissant, quoiqu'il ne fût tombé aucune pluie.

Le silence de la nuit commençoit à peine à régner dans la campagne ; et Gabriel de Glowr, en général habile qui veut masquer sa marche, au lieu de suivre la grande route, conduisit sa troupe par un chemin détourné entre les marais de Pinky et les montagnes d'Inveresk.

On étoit bien loin de s'attendre à une attaque à Musselbourg, et cette ville se trouvoit dans la situation où elle étoit toutes les nuits à pareille heure, c'est-à-dire entre dix et onze heures du soir, instant où l'armée combinée arriva sous ses murs. On voyoit encore des lumières briller dans plusieurs chambres à travers les fentes des volets. A la porte de quelques maisons, un couple de jeunes amans causoit à demi-voix tandis qu'une vieille femme allongeoit le cou hors d'une fenêtre voisine pour tâcher d'entendre ce qu'ils se disoient. Les rues n'étoient pas même tout-à-fait solitaires. Le voiturier qui venoit d'arriver, dételant ses chevaux

II. 4

à la porte d'une hôtellerie, montroit que
sa besogne de la journée n'étoit pas encore
terminée, et la voix du voyageur, descendant de cheval et appelant l'hôte, annonçoit que l'heure du repos étoit arrivée
pour lui; un enfant, portant une lanterne,
éclairoit un haut dignitaire chargé d'honneurs et d'embonpoint, sur le bras duquel
s'appuyoit peut-être sa vénérable moitié;
plus loin un autre sénateur, se traînant
d'un pas lourd et pesant, avoit besoin du
secours de deux voisins prudens pour
tracer en marchant une ligne à peu près
droite.

En ce moment, ceux des habitans de
Musselbourg qui étoient encore dans les
rues virent tomber sur les toits de leurs
maisons comme une pluie de dards enflammés, accompagnés d'une sorte de siffle-
mens plaintifs. Ce spectacle extraordinaire
ne causa d'abord que de la surprise; mais
on remarqua bientôt qu'il s'élevoit de la
fumée de tous les endroits sur lesquels cette

grêle brillante étoit tombée, et la flamme, attisée par le vent, ne tarda pas à paroître et à se propager avec rapidité. En un instant tout ne fut plus que terreur et consternation dans Musselbourg; et, tandis qu'on entendoit à quelque distance les cris de joie et de triomphe d'une troupe d'enfans, tous les habitans sortoient de leurs maisons, et s'occupoient à éteindre un incendie qui menaçoit de dévorer toute la ville.

On peut bien penser qu'au milieu d'une pareille scène de trouble, de confusion et de désordre, il ne fut pas difficile au baron de Falaside de forcer une porte de Musselbourg, de s'y introduire, et de s'indemniser amplement du tort qui lui avoit été fait. Sa vengeance dut être complètement satisfaite, en voyant la maison de Clinkscales une des premières livrées aux flammes; car, étant près des murailles, plusieurs des oiseaux porte-feu s'étoient arrêtés sur son toit. Mais notre auteur n'entre dans aucun détail sur les suites de cette affaire ; et, faisant, suivant son usage, une brusque transition, il en revient aux grands événemens qui suivirent le vœu chevaleresque qu'avoit fait le roi Edouard de faire valoir les droits que lui donnoit sa naissance à la couronne de France, et décrit avec son style brillant et poétique tout ce qui se passa en France, jusqu'à la bataille de Créci et jusqu'au commencement du fameux siége de Calais. Alors il reporte l'esprit de ses lecteurs en Angleterre, et leur dit, avec autant d'élégance que d'énergie, de quelle manière la reine Philippe gouverna le royaume pendant ce temps, et fit prisonnier le roi d'Ecosse et un grand nombre de ses nobles à la bataille de Néville's Cross.

Mais ces exploits splendides, si fertiles en incidens de bravoure héroïque, sont étrangers à notre histoire, et nous laissent le regret de ne pas trouver dans ce manuscrit le détail des instructions que le jeune

Rothelan reçut du baron de Falaside dans l'art de la guerre, dont il avoit fait l'apprentissage dans l'expédition contre Musselbourg. Nous pouvons seulement conclure du silence qu'il garde à ce sujet et de la suite des événemens que la mission du poursuivant d'armes anglais ne produisit aucun résultat. Peut-être périt-il dans l'incendie de la maison de Clinkscales, peut-être fut-il tué, peut-être retourna-t-il en Angleterre ; mais Edouard avoit alors des affaires plus importantes, qui ne lui permettoient guère de songer à un jeune page prisonnier. Quoi qu'il en soit, il est certain que Rothelan resta six ans en Ecosse, d'abord soigneusement gardé à vue, ensuite sous sa parole d'honneur qu'il ne chercheroit pas à s'évader ; et il acquit, sous les auspices de Gabriel de Glowr, cet esprit belliqueux et cette science militaire dont il donna tant de preuves par la suite.

~~~~~~

CHAPITRE VIII.

TRIOMPHE.

« Voyez Londres vomir ces nombreux citoyens !
Tels que les sénateurs qu'on admiroit à Rome ,
Le maire , ses adjoints , les juges , maint prudhomme ,
S'avancent du pas lent qui sied aux magistrats ;
Des flots de plébéiens se pressent sur leurs pas.
Et pourquoi ce concours ? — C'est que César arrive. »

SHAKSPEARE.

LA nouvelle lacune qui se trouve ici,
dans le LIVRE DE BEAUTÉ, nous oblige à
prier l'imagination de nos lecteurs de venir à notre secours. Six ans se sont écoulés
entre la fin du chapitre qui précède et le
commencement de celui-ci, Pendant cet

intervalle de temps, bien des batailles
avoient été livrées en France ; le prince
Noir, fils d'Edouard, avoit gagné celle de
Créci ; et le roi de France, pour décider
les Anglais à lever le siége de Calais, avoit
excité David, roi d'Ecosse, à faire une invasion en Angleterre.

Cependant le page espiègle étoit devenu
un grand et beau jeune homme, préparé
à soutenir toutes les chances de la guerre
par les vicissitudes de diverses incursions
qu'il avoit faites sur les frontières, avec le
redoutable Gabriel de Glowr ; mais, comme
nous ne trouvons, dans la source où nous
puisons, aucun détail sur son éducation
militaire, l'imagination de nos lecteurs,
comme nous venons de le dire, doit être
mise à contribution pour remplir ce vide ;
et, dans le fait, il est aisé de se figurer
l'effet que dut produire sur un jeune
homme ardent et d'un caractère naturellement belliqueux l'habitude de vivre

avec des maraudeurs qui avoient toujours les armes à la main.

Lorsque le roi d'Ecosse, à l'instigation de son allié le roi de France, envahit une seconde fois l'Angleterre, le baron de Falaside, se rappelant sans doute le sac de Durham et le butin qu'il y avoit recueilli, joignit l'armée royale, et y conduisit Rothelan, qui étoit alors dans sa dix-neuvième année. On ne voit pas trop clairement comment Gabriel de Glowr réussit à déterminer un jeune homme qui n'avoit jamais oublié qu'il étoit Anglois à porter les armes contre son pays. Peut-être Rothelan pensa-t-il que son entrée en Angleterre pourroit faciliter sa réunion aux amis de son enfance ; peut-être ne fut-il sensible qu'à l'ambition et au désir d'obtenir du renom ; quoi qu'il en soit, le fait n'admet pas de controverse, car il est incontestable qu'il prit part avec le baron de Falaside à la bataille de Neville's Cross, et qu'ils y furent faits prisonniers, comme le roi Da-

vid et un si grand nombre de ses chevaliers et de ses nobles.

A mesure que l'armée victorieuse se rap-
prochoit du sud, toute la population des
villes et des campagnes couroit à sa rencontre en poussant de grands cris de joie.
Quand on apprit à Londres qu'elle étoit
arrivée à Saint-Albans, les citoyens résolurent simultanément de la recevoir avec
les mêmes honneurs qui accompagnoient
à Rome la cérémonie de l'ovation. Le
maire et les aldermans, les compagnies de
milice avec leurs bannières, le clergé ré-
gulier et séculier avec les croix, les en-
censoirs et toute la pompe de la dignité ecclésiastique, se disposèrent à aller recevoir
les vainqueurs au-delà des portes de la
ville.

En conséquence, dès que les portes furent ouvertes le matin, une immense multitude d'habitans, revêtus de leurs plus
beaux habits, et portant une branche de

chêne à leurs bonnets, formèrent une pro-
cession non interrompue depuis Bishopsgate jusqu'à Barnet. Les façades de toutes
les maisons, des deux côtés de la route,
étoient ornées de guirlandes de feuilles, et
chaque fenêtre, offrant des femmes que la
nature et l'art avoient également parées,
présentoit un bouquet des plus belles fleurs.
Tout étoit gaieté, félicitation, triomphe.
Dans le fait, Londres, le cœur de l'Angleterre, avoit lieu d'être fière de cette victoire; car, dès qu'on y avoit appris l'irrup-
tion des Ecossais en Angleterre, les habitans de cette ville s'étoient enrôlés en
grand nombre et avoient été les premiers à
se mettre en campagné. Aussi le plus mince
apprenti, le dernier clerc de procureur,
glorieux du succès obtenu dans cette guerre,
et se croyant illustré par les exploits de ses
amis et de ses compagnons, se regardoit-il
comme de niveau avec le plus illustre des
nobles du royaume.

C'étoit donc une fête générale, et tout

ce qui s'y passa étoit empreint des signes
caractéristiques de la nation qui la célébroit. Pour remplir le temps qui devoit
s'écouler jusqu'à l'arrivée de l'armée, chacun chercha à s'amuser suivant son goût
et ses habitudes. Les auberges et les ca-
barets retentissoient des chants de la gaieté
et du son des instrumens. Des boutiques
avoient été établies de tous côtés sur la
route; on y voyoit étalé tout ce qui pouvoit tenter la gourmandise et l'appétit des
classes inférieures; et la plupart avoient
pris pour enseigne le portrait de quelques-
uns des guerriers qui venoient de se couvrir de gloire, et dont les noms, écrits au
bas en grosses lettres, n'ajoutoient pas peu
à la ressemblance. De gros et lourds au-
bergistes, leurs femmes à figure importante, des garçons agiles, des servantes à
verte allure, se démenoient pour contenter
leurs pratiques; on remarquoit pourtant
qu'ils avoient la parole plus brève, le regard moins attentif, et des manières plus

brusques que de coutume, ce qu'il falloit
attribuer entièrement à la nécessité où ils
étoient de répondre aux demandes multi-
pliées qu'on leur faisoit de toutes parts, et
qui ne leur laissoient pas le temps de déployer leur courtoisie ordinaire : fait important, que c'étoit un devoir pour nous
de consigner ici, car rien n'est plus cour-
tois envers ses pratiques qu'un aubergiste
et un cabaretier anglais, quand il s'agit
de célébrer une victoire remportée sur le
champ de bataille, ou dans une élection ;
et c'est une vérité qui a été reconnue dans
tous les siècles.

Tandis que les artisans et les ouvriers,
à visage maigre et jaune, jouoient aux
quilles, à la boule ou au palet, les jeunes
apprentis et les clercs, toujours joyeux,
dansoient avec leurs maîtresses endiman-
chées, au son de la flute et du violon ; le
marchand et le boutiquier, avec leurs
femmes et leurs enfans, assis à l'ombre
sous un bosquet dans le jardin d'une au-

berge, buvoient de l'ale fraîche ou du vin
de sureau presque bouillant servi dans des
gobelets de bois d'érable. Les Lombards et
les Brabançons, qui étoient alors les principaux négocians et banquiers de Londres,
se plaçoient à l'écart sous quelque grand
orme, faisoient étendre sous leurs pieds
par leurs valets un tapis du Levant, et se
faisoient servir des gâteaux au miel, des
confitures sèches, de l'hippocras, du mal-
voisie et du muscat. Peu de nobles faisoient partie de ce rassemblement, car toute
la fleur du royaume étoit en France avec
le roi, ou revenoit d'Ecosse avec cette
armée victorieuse que tant de citoyens
sortis de leurs foyers venoient recevoir en
triomphe.

Cet esprit de joie et de félicitation n'é-
toit pourtant pas universel ; on pouvoit
distinguer aisément les parens et amis de
ceux qui étoient partis pour les frontières
d'Ecosse, à l'air d'inquiétude et de crainte
qui accompagnoit tous leurs mouvemens.

Plus d'un vieillard, appuyé sur son bâton,
étoit assis sur le bord d'un fossé, à côté
d'une épouse à peu près du même âge,
incertain s'il reverroit le fils qui les avoit
quittés pour la gloire ; plus d'une jeune
fille s'écartoit de ses compagnes enjouées,
portoit ses regards vers le nord, et écartoit
ses cheveux pour mieux entendre le son
triomphal des trompettes qui annonceroit
l'approche des vainqueurs. Loin du bruit
et du tumulte général, plus d'une femme,
entourée de jeunes enfans, s'arrêtoit sur
une hauteur, ne sachant si elle devoit
se considérer comme veuve, et si elle n'a-
voit autour d'elle que de malheureux orphelins ; et, chaque fois qu'elle essuyoit
avec un coin de son tablier une larme qui
lui tomboit des yeux, ses enfans alarmés
la tiroient par le bras, et lui demandoient
pourquoi elle pleuroit quand tout le monde
ne songeoit qu'à se réjouir.

Parmi ceux qui attirèrent particulière-
ment l'attention de la multitude, étoit un

petit vieillard à cheveux gris qui avoit
l'air singulièrement vif et animé ; il étoit
toujours en mouvement ; partout où il
voyoit deux ou trois personnes causer ensemble, il avançoit la tête au milieu d'elles
pour écouter ce qu'elles disoient, et, malgré les rebuffades qu'il essuyoit souvent,
il en alloit faire autant ailleurs ; il sautoit
de joie, faisoit craquer ses doigts, jetoit
son bonnet en l'air, en un mot agissoit
d'une manière si bizarre, si fantasque, si
extravagante, qu'il faisoit rire aux éclats
tous ceux qui le voyoient.

Pendant un de ces joyeux paroxismes,
un cavalier d'un certain âge qui, par son
costume, sembloit appartenir à la maison
de quelque seigneur, fut attiré vers lui,
à ce qu'il paroissoit d'abord, par la même
curiosité qui attiroit les autres spectateurs,
mais il fut bientôt évident qu'il avoit quelque autre motif plus puissant, quelque
autre intérêt plus direct ; car on remarqua
bientôt qu'il avoit toujours les yeux fixés

sur le petit vieillard, et qu'il le suivoit constamment partout où il alloit.

Ayant enfin trouvé le moment de pouvoir lui parler sans avoir de trop proches voisins, il l'accosta d'un ton jovial qui ne s'accordoit guère avec le caractère de sa physionomie.

— Père Barbe-Grise, lui dit-il, est-ce une bonne nouvelle, ou sont-ce quelques verres de bonne ale qui vous font cabrioler ainsi? Et, feignant de le reconnoître tout à coup, il s'écria : — Aussi sûr que j'existe, c'est l'honnête Pigot !

— Oui, honnête, répondit Pigot en riant; Dieu et ma conscience le savent, et ni l'un ni l'autre n'en disent peut-être autant de vous.

Comme il prononçoit ces mots, ses yeux rencontrèrent ceux du cavalier, et prenant aussitôt un air grave il se détourna comme pour l'éviter.

— Ne me reconnoissez-vous pas ?. lui demanda l'étranger en le suivant.

Pigot le regarda encore du coin de l'œil, et lui répondit : — J'ai déjà vu votre figure, et ce n'est pas sa beauté qui me la fait reconnoître, ni son caractère de bonté, ajouta-t-il en baissant la voix, mais assez haut pour être entendu.

— Que veut dire cela, Pierce ? Nous étions amis autrefois, pourquoi ne le serions-nous plus ?

— Avez-vous besoin de me le demander?

— Je n'en vois aucune raison.

— Vous n'en voyez aucune ! s'écria Pigot en s'arrêtant et en le regardant en face. Patience, Ralph Hanslap, chacun a son tour.

— Bien, bien, Pigot ; mais qu'est devenu le bâtard ?

— Le bâtard ! votre langue chante-t-elle encore sur ce ton ? Le bâtard !

— Vit-il encore ?

4*

— Oui, oui, il vit; l'agneau est devenu un lion; et il saisira sir Amias à la gorge avant qu'il soit long-temps.

— On nous avoit dit qu'il étoit mort.

— Nous! qui, nous? Mort! l'avez-vous cru? sir Amias l'a-t-il cru? quelqu'un de sa maison l'a-t-il cru? Non, non, il n'est pas mort. Le ciel, dans sa justice, ne pouvoit le laisser mourir. Grâce au ciel, il vit, et il fera valoir ses droits; oui, et à la pointe de la lance, Ralph Hanslap.

En ce moment le son des trompettes se fit entendre dans le lointain, et annonça que l'avant-garde de l'armée arrivoit. Des cris tumultueux partirent de toutes parts, la foule se précipita en avant, et Pigot, se jetant dans les rangs les plus serrés de la multitude, s'y faufila si adroitement qu'il fut impossible à Hanslap de le suivre, même des yeux. Il sembla réfléchir un instant s'il devoit avancer ou rester où il étoit; et, pendant qu'il délibéroit ainsi,

la foule le pressa tellement de tous côtés,
que son cheval privé de mouvement fut
entraîné quelques instans comme par un
torrent. Enfin, profitant du premier instant favorable, il se dégagea de la multitude, et reprit le chemin de Londres,
sans se mettre en peine de répondre aux
questions que lui adressoient à chaque
pas les curieux amassés des deux côtés
de la route, qui désiroient savoir si l'armée
approchoit.

~~~~~~

CHAPITRE IX.

SECRETS DE FAMILLE.

« Entre deux mondes balancée,
Comme un astre du firmament,
La vie humaine est sans cesse bercée
Entre la fin et le commencement.
Nous ignorons ce que nous sommes,
Nous savons encor moins ce que nous deviendrons.
Le temps se rit des vains projets des hommes,
Et les disperse en tourbillons.

LORD BYRON.

— Il y a des époques et des instans, dit notre auteur, où la sympathie, qui est l'œil de l'âme, pénètre d'une manière étrange les mystères du monde supérieur au nôtre, et où l'esprit fait entrer en communication solennelle le présent avec l'avenir. C'est ce qu'on voit arriver quand on médite dans la solitude, à la clarté d'une lampe, ayant devant soi un livre ouvert, dont la lecture n'offre plus un charme assez puissant pour enchaîner l'attention. C'est alors que le passé nous présente l'avenir, et que la mémoire, sortant de son appartement silencieux décoré de mille tableaux, explique les oracles et les pro-phéties, et apprend à l'homme qui réfléchit que sa destinée continuera à être ce qu'elle a toujours été ; car le fleuve de la vie, quelque varié que soit son cours, roule toujours les mêmes eaux.

C'étoit de semblables réflexions, empreintes d'une morale mélancolique, que lady de Crosby entretenoit souvent sa fille, qui, à l'époque à laquelle nous sommes arrivés, étoit entrée dans sa dix-huitième année. Cette dame, aussi vertueuse que noble, conservoit encore de la beauté, mais c'étoit une beauté qu'on auroit pu comparer au lis plutôt qu'à la rose. Depuis le fatal

moment où elle avoit douté de l'intégrité
de son époux, le chagrin s'étoit emparé
de son cœur ; un esprit de résignation
passive l'avoit accompagnée, et, sans avoir
aucun symptôme de maladie mortelle,
elle auroit déjà pu passer pour une habi-
tante de l'autre monde.

Béatrix étoit debout près d'un sopha sur
lequel sa mère étoit étendue, et employoit
tous ses moyens de persuasion pour l'engager à aller voir l'entrée triomphale de
l'armée victorieuse, espérant que la vue
de la joie générale pourroit la distraire
des réflexions mélancoliques dans lesquelles
elle étoit sans cesse ensevelie. Mais elle
ne put y réussir.

— Ma chère enfant, lui répondit sa
mère, si vous désirez voir ce spectacle,
et cette curiosité est assez naturelle à votre
âge, votre père vous y conduira. Quant
à moi, je suis fatiguée de tout, et cette vue
ne feroit que m'inspirer des idées encore

plus sombres. Malgré tout l'éclat et le brillant de cette cérémonie, ma chère Béatrix, ce n'est qu'une pompe funèbre, car tous ceux qui y figurent sont sur le chemin du tombeau.

— Il est arrivé quelque chose qui a contrarié mon père, dit Béatrix; Ralph Hanslap étoit sorti ce matin, pour aller audevant de l'armée : il est revenu à la hâte, sans l'attendre, et a été enfermé ensuite quelque temps avec mon père, qui paroît inquiet et troublé.

A ces mots lady de Crosby se souleva, s'appuya sur le coude, et dit à sa fille assez vivement.

— Il n'y a qu'une chose qui puisse l'inquiéter à présent, et je prie Dieu que ce soit ce dont il s'agit.

— Et pourquoi désirez-vous qu'il soit inquiet ? demanda Béatrix, surprise de voir sa mère sortir si soudainement de l'espèce d'apathie dans laquelle elle étoit toujours plongée, et plus étonnée encore d'une prière qui lui paroissoit si étrange et si peu charitable.

— Asseyez-vous, ma fille, lui répondit sa mère; vous êtes maintenant assez avancée en âge pour que je vous fasse connoître la cause de mes longs chagrins. Et alors elle lui raconta l'histoire de lady Albertina jusqu'à l'époque de sa fuite de Crosby – House, mais sans laisser échapper un seul mot qui pût trahir l'opinion secrète qu'elle s'étoit formée de sir Amias, car elle ne vouloit pas porter atteinte à l'amour et au respect que Béatrix avoit pour son père.

— C'est une histoire bien triste, dit Béatrix d'un air pensif, quand sa mère eut achevé son récit. Mais qu'est devenue lady Albertina depuis ce temps? Et n'a-t-on jamais entendu parler de l'enfant?

— On pensoit qu'elle s'étoit retirée dans son pays; mais il y a environ six ans, au commencement de la dernière guerre contre l'Ecosse, lorsque le roi se rendit dans le nord avec l'armée, on apprit qu'elle étoit à Londres, logée chez un Juif nommé Adonijah. Ce Juif amena ensuite à votre père un jeune homme de douze à treize ans, dont la beauté et le riche costume firent l'admiration de toute la maison.

— Etoit-ce le fils de lady Albertina ?

— On l'ignoroit alors, et votre père, sur la demande du Juif, le fit entrer en qualité de page chez lord Mowbray, qui l'emmena à la guerre avec lui.

— Et que devint-il ensuite ?

— C'est ce que je ne saurois dire. Lorsque le roi fut de retour à Westminster, lord Mowbray vint ici pour parler à votre père relativement à ce page; mais sir Amias étoit alors sur le continent avec Ralph Hanslap. Leur départ fut très-brusque; leur absence dura plusieurs années; et je

II   5

n'ai jamais su quelle en avoit été la cause.

— Il y a dans tout cela quelque chose que je ne puis concevoir, dit Béatrix d'un air pensif.

— Lord Mowbray, apprenant que votre père n'étoit pas en Angleterre, demanda à me voir, et me fit quelques questions relativement à son page ; mais, voyant que je ne savois rien de ce qui le concernoit, il me dit qu'à son grand déplaisir, l'enfant avoit disparu à York, et qu'on soupçonnoit même deux inconnus de l'avoir enlevé ; qu'un incident asséz singulier avoit fait découvrir qu'il étoit prisonnier en Ecosse, que le roi avoit envoyé un poursuivant d'armes pour traiter de sa rançon, mais que cette mission n'avoit pas réussi. Ce fut à cette époque que votre père et Ralph Hanslap quittèrent l'Angleterre.

—Hélas ! dit Béatrix en soupirant et en regardant sa mère avec un air d'inquiétude,

je crains, et je vois que vous craignez,
qu'il n'y ait dans toutes ces aventures quelque chose qui touche l'honneur de mon
père; je n'ai jamais aimé ce Ralph Hanslap;
mon père lui accorde beaucoup trop de
confiance.

Lady de Crosby prit la main de sa fille
et lui dit en la serrant avec affection.

— Ma chère Béatrix, vous devez espérer
que votre père n'a pas de reproches à se
faire; mais s'il avoit commis quelque faute,
peut-être pourriez-vous le déterminer à la
réparer.

— Mais vous m'avez dit que lady Albertina n'étoit pas épouse de mon oncle?

— Votre père me l'a dit ainsi.

— Croyez-vous que le page de lord
Mowbray fût mon cousin?

— Je le crois.

— Le Juif ne pourroit-il pas nous en
assurer? L'avez-vous jamais questionné à
ce sujet? mon père l'a-t-il interrogé?

— Un peu de patience, Béatrix, et vous saurez tout, car je vois que je vous en ai trop dit pour vous rien cacher. D'ailleurs je désire que vous employiez toute votre influence sur votre père pour l'engager à réparer l'injustice que je crains qu'il n'ait faite à une veuve et à un orphelin.

— Ainsi vous êtes persuadée que lady Albertina étoit vraiment épouse de mon oncle ?

— Je le suis.

Béatrix, pendant quelques instans, resta immobile et muette de surprise, et s'écria ensuite en fondant en larmes :

— Où est cette malheureuse dame ? je la conduirai à mon père.

— Vous êtes trop vive, Béatrix ; le nom de votre père est sans tache, voudriez-vous le déshonorer ? Ne cherchez pas à le convaincre en produisant des témoins contre lui. Obtenez de lui, si vous le pouvez, qu'il fasse de lui - même ce qu'exige son honneur; j'ai vu dernièrement lady Albertina; elle a trouvé dans le Juif Adonijah un ami tel qu'il n'en fût jamais; il a découvert que son fils est au nombre des prisonniers écossais que l'armée victorieuse amène à Londres.

— Mon père en est-il instruit?

— D'après ce que vous m'avez dit, je ne doute pas que Ralph Hanslap ne l'ait appris et ne l'en ait informé.

— Lui avez-vous parlé de mon cousin?

— Jamais. Depuis que lady Albertina a quitté cette maison, je n'ai prononcé ni son nom ni celui de son fils.

— Et cependant il paroît que vous voyez cette dame?

— Le hasard a voulu que nous nous soyons rencontrées dans l'église de Sainte-Hélène. Elle est bien changée; à peine l'ai-je reconnue. Nous nous sommes embrassées comme deux sœurs, et nous avions

vécu autrefois comme si nous l'eussions
été. Depuis ce temps, nous nous sommes
vues tous les jours dans le même endroit;
elle m'a appris tous les services que lui a
rendus Adonijah; et je tremble en son-
geant à la honte qui peut couvrir votre
père quand votre cousin sera de retour.

— Et pourquoi ne l'en informez-vous
pas?

— Quand je n'avois aucune raison pour
douter de mon influence sur votre père,
j'ai fait tout ce qui étoit en mon pouvoir
pour l'empêcher de s'exposer au danger
vers lequel il couroit; mais tous mes
efforts ont été inutiles. Depuis ce temps,
nous avons vécu ensemble presque comme
des étrangers. Vous seule, Béatrix, vous
pouvez le sauver, mais vous ne pourrez y
réussir qu'en employant la douceur et la
persuasion.

Pendant qu'elles s'entretenoient ainsi,
de grands cris de joie annoncèrent l'ap-

proché de l'armée, et le bruit continua à
augmenter au point qu'elles ne s'enten-
doient plus parler. Lady de Crosby se
laissa retomber sur le sopha, et Béatrix
passa dans un autre appartement donnant
sur la rue, où elle trouva son père debout
devant une fenêtre ouverte, regardant la
marche du cortége triomphal avec un air
inquiet et soucieux qui s'accordoit mal
avec l'allégresse générale.

~~~~~~

CHAPITRE X.

LE PÈRE ET LA FILLE.

« Mon père est donc malade ! il soupire sans cesse ;
Il ne me répond pas , dédaigne ma tendresse ;
Quel est le mal secret qui le tourmente ainsi ? »

PIERRE MAC GLASHAN.

MALGRÉ tous les progrès qu'avoient
faits les Grecs et les Romains dans les
beaux arts et dans les lettres , c'étoient
certainement des peuples grossiers et sen-
suels. Au milieu de toutes les allégories
de leur mythologie et de leur polythéïsme,
ils n'avoient aucune idole représentant *la*

tendresse, ce sentiment particulier qui est le caractère distinctif de l'esprit des temps modernes, comparé à celui de l'antiquité. Nous laisserons aux savans académiciens le soin de décider sous quels traits il seroit convenable de le peindre, et nous n'en avons parlé ici que pour avoir occasion de remarquer qu'en cet endroit de notre manuscrit, il se trouve en marge du commencement de ce chapitre un beau petit Cupidon ayant les ailes liées et des lunettes sur le nez; nous supposons qu'il y a été représenté comme l'emblème de l'amour fidèle, mais qui cherche à s'éclairer; car l'auteur commence le récit de ce qui se passa entre Béatrix et son père en nous disant qu'elle ne voyoit pas les défauts de son père, et que tel étoit son respect filial, qu'elle trouvoit dans sa courtoisie constante une preuve qu'il étoit doué de toutes les vertus.

Ils restèrent quelque temps à la fenêtre sans se parler. Tandis que le baronnet con-

temploit avec une intention inquiète les
soldats et les prisonniers qui défiloient devant eux , Béatrix tournoit souvent les
yeux sur son père, et voyoit , à son agitation extrême et à sa respiration pénible,
qu'il étoit en proie à de vives alarmes ;
elle suivoit toujours là direction de ses
yeux, et elle les vit se fixer sur Ralph Hanslap, qui étoit dans la rue , et à peu de
distance duquel étoit un vieux Juif, sur le
bras duquel s'appuyoit une dame couverte
d'un grand voile : c'étoit Adonijah accom-
pagnant lady Albertina.

Ils sembloient tous deux entièrement
occupés à regarder la marche des troupes
et des prisonniers ; mais les yeux de sir
Amias se détournèrent bientôt de ce
groupe pour se porter un peu plus loin,
où il se passoit quelque chose qui sembla
redoubler son agitation.

Béatrix dirigea ses regards du même
côté , et vit , au milieu d'une troupe

d'enfans qui poussoient de grands éclats de
rire, le vieux Pigot qui sautoit, dansoit,
et donnoit toutes les marques d'une joie
extravagante ; à peu de distance de lui
étoit un vieil Ecossais prisonnier qui tournoit sans cesse la tête à droite et à gauche,
et paroissoit surpris et émerveillé de tout
ce qu'il apercevoit : c'étoit Gabriel de
Glowr de Falaside. Mais les yeux de
Béatrix furent plus puissamment attirés
par un beau jeune homme qui le suivoit ;
tous deux étoient à cheval ; et lorsqu'ils
furent près de la maison du baronnet,
Pierce Pigot, s'approchant du jeune
homme, lui montra du doigt la fenêtre
où elle étoit avec son père, et, parut lui
dire de jeter les yeux de ce côté ; ses regards s'y portèrent sur-le-champ ; et au
même instant sir Amias, poussant un profond gémissement, recula avec la même
promptitude que s'il eût été frappé d'un coup
violent, se laissa tomber sur une chaise,
et se couvrit le visage des deux mains.

Béatrix n'avoit pas besoin de lui demander la cause d'un trouble si étrange, elle devina que le jeune homme qu'elle venoit de voir étoit son cousin ; elle voulut jeter sur lui un second coup d'œil, mais il avoit déjà tourné le coin de la rue.

Elle fit un mouvement pour s'approcher de son père, et sir Amias lui dit d'une voix foible :

— Béatrix, donnez-moi le bras pour m'aider à regagner ma chambre.

La voix du baronnet fixa les idées errantes de sa fille, et elle se rappela la tâche que sa mère lui avoit recommandé d'entreprendre.

— Qu'avez-vous donc, mon père ? lui demanda-t-elle ; êtes-vous indisposé ? ce mal vous a saisi bien soudainement !

— Non, pas soudainement, dit-il d'une voix sourde et concentrée ; c'est un mal qui date de lóin, mon enfant ; un mal

auquel je crains qu'il n'existe pas de re-
mède.

— Hélas! mon père, ne parlez pas
ainsi, s'écria Béatrix. Quel peut donc
être un pareil mal?

Le ton dont elle prononça ce peu de
mots respiroit la douceur et la compassion; mais le regard qui l'accompagnoit
étoit si expressif qu'il pénétra jusqu'au
fond du cœur de sir Amias; il lui répondit pourtant en se levant avec l'intention
de se retirer:

— C'est un mal dont la source est dans
l'esprit. L'esprit a ses maladies comme le
corps, et il y a long-temps que je me suis
aperçu que le mien en a une.

— Vous avez été troublé par quelque
chose que vous avez vu dans la rue.

Sir Amias fut saisi d'un tremblement
universel, fixa des yeux pénétrans sur sa
fille, et fronça le sourcil; mais il reprit

sur-le-champ son air de tranquillité ordinaire.

— Qu'y aurois-je vu qui pût me troubler ?

— Il m'a semblé que vous regardiez
avec une attention toute particulière un
vieux Juif et une dame qui étoient à peu
de distance de Ralph Hanslap.

— Quelle dame? comment la connoissez-vous ? c'est une étrangère. Que m'importe cette femme ?

Ces questions, faites d'un ton vif et
impatient , déconcertèrent Béatrix ; son
père remarqua sa confusion, et, lui saisissant la main avec un mouvement presque convulsif , il lui dit en baissant la
voix :

— Eh bien! oui, vous avez raison ; je
la connois; c'est la veuve de mon frère.

— La veuve ! répéta Béatrix.

Sir Amias laissa échapper la main de sa

fille, croisa les siennes sur sa poitrine , et fit quelques tours dans la chambre à grands pas ; il ne tarda pas à se rendre maître de son émotion, et se tournant vers Béatrix il lui dit d'un ton calme et résolu :

— Du moins , elle a toujours persisté à prendre ce titre , mais c'est une prétention que je ne reconnoîtrai jamais.

Béatrix soupira , leva sur lui des yeux supplians et humides de larmes , et lui dit avec l'accent de la tendresse et de la douleur.

— Et pourquoi ne reconnoîtrez-vous jamais qu'elle est veuve de lord Edmond? Ma mère m'a conté l'histoire de cette dame , et le noble courage avec lequel elle a supporté le désaveu que vous faites de la légitimité de son fils me porte à croire que vous lui faites injure sans le vouloir. Je vous en conjure, mon père, par égard pour votre propre honneur, examinez cette affaire bien à fond, et rendez-lui justice.

— Ainsi vous me conseillez de dire à toute l'Angleterre que j'ai usurpé pendant tant d'années les droits de son fils.

— Oui, car vous ne pouvez le cacher plus long-temps?

— Le cacher! Béatrix, est-ce à moi que vous parlez ainsi?

Elle vit clairement qu'il étoit tourmenté de crainte et rongé d'inquiétude, et appuyant sa tête sur l'épaule de son père elle lui dit en pleurant :

— Pardonnez-moi si j'ose vous parler si librement ; mais il est impossible de vous cacher davantage que vous êtes trahi.

Il tressaillit, et s'écria, en la repoussant avec douceur : — Trahi! par qui? par qui?

Béatrix joignit les mains, et lui répondit en levant les yeux vers le ciel ;

— Par vous-même ! Le mal qui a attaqué votre esprit rend témoignage à la justice des droits de lady Albertina, et vous avez vu son vengeur dans le jeune homme qui a levé les yeux un instant vers cette croisée, en passant devant la maison. Envoyez-le chercher, et rendez-lui tout ce qui lui appartient.

— Comment le connoissez-vous ? s'écria sir Amias d'un air égaré et les yeux sortant presque de leur orbite ; il a passé bien des années en Ecosse, vous ne l'avez jamais vu, du moins il est impossible que vous vous en souveniez.

— Vous ne l'aviez pas vu plus que moi depuis son enfance, et cependant vous l'avez reconnu du premier coup d'œil.

— Je l'avois vu il y a six ans, et j'avois lieu de m'attendre à le revoir.

— Je le sais, et c'est pour cela que je vous supplie de réparer les torts dont il a eu à souffrir. En vérité, mon père, après

5*

ce que je viens de voir, il est inutile de
me dire que vous n'êtes pas vous-même
convaincu que lady Albertina est, comme
vous me l'avez dit, la veuve de lord
Edmond.

En ce moment la porte s'ouvrit, et Ralph
Hanslap s'y présenta, mais, en voyant
Béatrix, il se retira sur-le-champ, laissant
pourtant la porte entr'ouverte, comme
un signal fait à sir Amias de le suivre.

— N'allez pas le joindre, c'est votre
mauvais génie ! s'écria Béatrix en voyant
son père faire un mouvement pour sortir;
vos plus grands torts viennent de ce que
vous avez trouvé un instrument si docile.

Elle chercha à retenir son père en saisissant un pan de son habit, mais il
l'arracha des mains de sa fille et sortit
précipitamment.

CHAPITRE XI.

LA MÈRE ET LE FILS.

« Je me souviens de l'hommage innocent
Qu'un jeune enfant rend à sa tendre mère,
Quand on le voit des deux mains caressant
Le sein fécond pour lui si nécessaire :
Mais je connois un bien plus grand amour,
Un amour saint que jamais rien n'altère,
Indépendant de l'espoir du retour,
Et cet amour, c'est celui d'une mère.

HENLEY.

PENDANT ce temps, le roi d'Ecosse avoit été conduit à la Tour de Londres, et les autres prisonniers avoient été distribués dans les couvens. Le hasard voulut que Gabriel de Glowr et Rothelan fussent placés, ainsi que plusieurs autres, dans le

prieuré de Saint-Barthélemi, de Smith-
field, où le père Giovanni, confesseur de
lady Albertina, continuoit toujours à de-
meurer.

Ce digne ecclésiastique étoit alors vieux
et infirme; mais les événemens du jour
l'avoient fait sortir de sa cellule, comme
les autres cénobites, et il se promenoit
dans le cloître, quand les prisonniers y
furent amenés. La jeunesse, la bonne mine
et l'air hardi de Rothelan, excitèrent son
attention; sa physionomie le frappa: il lui
sembla que ses traits ne lui étoient pas inconnus; et, ne pouvant résister à sa curiosité, il s'avança vers lui, et lui demanda
s'il étoit bien véritablement Ecossais.

Gabriel de Glowr se chargea de la réponse.

— Non, Monsieur, non, dit-il, le
jeune homme est Anglais, et je suis bien
trompé si un sang noble ne coule pas dans
ses veines. Vous nous rendriez un grand

service si vous pouviez nous aider à découvrir ses parens ; car je ne doute pas que la rançon que j'en obtiendrois ne payât aisément la mienne.

— Tout beau, baron de Falaside, dit Rothelan en riant et avec un accent tout-à-fait écossais ; nous sommes de niveau maintenant, je ne suis plus votre prisonnier, et bien loin de vous payer une rançon j'exigerai de vous le prix de mes habits de page, comme je vous l'ai promis bien des fois.

Tandis qu'ils parloient ainsi, et que le bon père Giovanni cherchoit à se rappeler quelle personne de sa connoissance Rothelan avoit cet air de ressemblance qui le frappoit et l'intéressoit, la porte du prieuré, qu'on avoit fermée pour écarter la foule, s'ouvrit pour en permettre l'entrée à Shébak, frère d'Adonijah.

Quoiqu'il se fût passé six ans depuis que ce Juif avoit acheté du baron de Falaside les vêtemens du jeune page, et qu'il n'eût été alors avec lui que très-peu de temps, il le reconnut sur-le-champ. Dans le fait, la manière particulière et caractéristique dont les yeux de Gabriel de Glowr, placés sous deux sourcils touffus, se dirigeoient constamment, l'un à droite, l'autre à gauche, étoit trop remarquable pour qu'on pût l'oublier quand on l'avoit une fois vu. Le souvenir de ce qui s'étoit passé entre eux à cette époque se retraça si vivement à l'imagination de Shébak, qu'il oublia totalement les années qui s'étoient écoulées depuis ce temps, et pensant à l'interrogatoire que lui avoit fait subir lord Mowbray, comme si c'eût été la veille, il s'adressa au vieux guerrier, et lui dit :

— Qu'avez-vous fait de l'enfant ?

Cette brusque question parut d'abord surprendre également Rothelan et Gabriel de Glowr ; et le père Giovanni, plus ému que jamais, recula de deux ou trois.

pas pour s'appuyer contre un pilier du cloître.

Après un court intervalle, pendant lequel Rothelan regardoit attentivement Shébak, qu'il croyoit aussi se souvenir d'avoir vu, Gabriel de Glowr, qui avoit reconnu le Juif sur-le-champ, se mit à rire.

— Ah ! dit-il, c'est une curiosité. Est-il possible ? oui, c'est bien vous ; vous êtes le Juif qui m'avez attrapé, qui avez tiré de moi pour rien les beaux habits du jeune homme !

Ce commentaire sur le marché qui avoit eu lieu entre eux six ans auparavant n'étoit certainement pas très-correct ; mais le baron de Falaside n'étoit pas le seul homme de son temps qui croyoit avoir été dupe quand il avoit eu affaire à quelqu'un que toute son adresse n'avoit pu tromper ; et, à cet égard, nous sommes assez portés à croire que, dans tous les temps, il se trouve, comme Dieu le sait, bien des gens qui pensent de même; mais, dans la plénitude de notre philanthropie, nous n'aimons pas à critiquer les fautes et les foiblesses de notre prochain, et nous nous plaisons à croire que chacun fait ce qu'il croit le plus sage, le plus adroit et le plus juste; car, dans le vocabulaire des hommes d'affaires, ces trois termes sont synonymes. Ainsi, pour ne pas nous appesantir sur ce sujet, nous en reviendrons à notre histoire.

Après une courte conversation entre les quatre individus rassemblés sous le cloître du prieuré de Saint-Barthélemy, Rothelan fut identifié et reconnu, et le père Giovanni lui apprit quelles étoient sa naissance et sa famille. On s'adressa alors au prieur pour qu'il lui permît de sortir pour aller voir sa mère. Mais, au lieu de fatiguer nos lecteurs par le détail insipide de circonstances oiseuses, nous passerons sur-le-champ à l'entrevue de Rothelan avec lady Albertina.

Il paroît que cette dame et Adonijah,
après avoir appris de Pierce Pigot dans
quel monastère Rothelan avoit été conduit,
y avoient envoyé Shébak pour s'assurer du
fait, et s'informer des moyens d'obtenir sa
liberté, en payant telle rançon qu'on pourroit exiger. Ils attendoient son retour avec
impatience, quand ils le virent arriver,
suivi de notre jeune héros. Mais, avant de
rapporter ce qui s'ensuivit, notre auteur
se laisse entraîner à ces réflexions morales
qui naissent si souvent sous sa plume éloquente, et qui donnent des leçons plus
utiles que celles qu'on pourroit tirer des
incidens qu'il rapporte.

« Le cœur de l'homme, dit-il, même
quand un esprit mondain et avaricieux s'y
est introduit, conserve encore des sentimens délicieux, produits par ses jeunes
souvenirs, de même que la rose flétrie
garde quelque chose du parfum qu'elle
exhaloit dans sa fraîcheur ; mais, de toutes
les douces affections de la nature humaine,

il n'en est aucune qui soit plus durable
et qui conserve mieux son excellence et sa
pureté que ce don précieux du ciel, l'a-
mour maternel. C'est l'artère qui distribue
la tendresse dans le cœur, et tout ce qui
porte le saint nom de merci et de charité
en découle également; mais son flux est un
mystère qui cause en même temps surprise
et chagrin ; car il arrive souvent qu'il n'en-
gendre qu'angoisses. Et cependant il semble
ne procurer qu'un accroissement de dé-
lices, même à ceux pour qui il n'est qu'une
source de douleurs. Il fait qu'on tient à ses
enfans, même quand ils n'exigent plus aucun soin; qu'on se soumet pour eux à
toutes les humiliations ; qu'on les chérit
encore même quand ils se sont souillés de
crimes, comme si l'amour augmentoit, à
mesure que l'estime diminue.»

Heureusement lady Albertina n'étoit pas
destinée à offrir une preuve de la vérité de
cette dernière remarque ; mais une étrange
angoisse remplit un instant son cœur d'a-

mertume et de désappointement, quand, au lieu de l'enfant vif, étourdi et sémillant qui l'avoit quittée six ans auparavant, jeune bouton qui s'entr'ouvroit à peine, être foible et ayant encore tellement besoin de la protection d'une mère, qu'elle auroit voulu avoir des ailes pour l'en couvrir, elle vit entrer dans son appartement un grand jeune homme. ayant un air de fierté chevaleresque, marchant d'un pas ferme, sentant sa force, et en état de servir de protecteur aux autres.

Elle le regarda avec empressement dès qu'il entra, et ne put d'abord reconnoître en lui le fils qu'elle avoit perdu : elle craignit qu'on ne voulût tromper son amour maternel ; elle se refusa un instant à ses embrassemens, et s'écria, dans le premier élan de son émotion :

— Hélas ! ce n'est pas lui ! Ce grand jeune homme ne peut être mon petit Rothelan !

Rothelan au contraire avoit parfaitement reconnu sa mère : il sourit en l'entendant parler ainsi, et lady Albertina reconnut le sourire de la première jeunesse de son fils : elle se sentit assurée que le grand jeune homme qu'elle voyoit étoit bien l'enfant chéri qu'elle avoit si long-temps regretté, et que six ans devoient avoir produit quelques changemens à des traits dont elle avoit si fidèlement conservé l'image. Enfin, se précipitant dans ses bras, elle le serra contre son cœur maternel.

CHAPITRE XII.

QU'EN ARRIVERA-T-IL?

« De verdure et de fleurs le printemps revêtu
Décore nos vergers de ses riches guirlandes ;
Chaque arbre au villageois prépare ses offrandes ;
Et l'œil impatient , comptant chaque bouton,
Croit déjà récolter une heureuse moisson. »

Nouvelle comédie.

TANDIS que la mère et le fils se livroient aux transports de leur joie et de leur tendresse , Adonijah trouvoit en son cœur la douce récompense d'avoir été l'instrument de leur bonheur. Il garda le silence jusqu'au moment où lady Albertina commença à parler à Rothelan de l'amitié que lui

avoit si constamment témoignée cet homme
singulier, et de toutes les vertus qu'il possédoit. Alors il l'interrompit.

— Eh bien, dit-il, n'en retirerai-je pas
assez de profit ?

Shébak, qui étoit resté debout, près de
la porte, fut si enchanté d'entendre son
frère parler ainsi, qu'il s'approcha de lui ;
car jusqu'alors il avoit pensé que la générosité d'Adonijah envers lady Albertina
étoit presque un crime de haute trahison
contre les douze tribus d'Israël, quoiqu'il
n'eût jamais eu assez de courage pour exprimer cette opinion, même en la dégui-
sant sous la forme d'avis, seule enveloppe
sous laquelle on puisse faire avaler, sans
trop de dégoût, la pilule amère d'une re-
montrance.

— Oui, ajouta Adonijah en regardant
Shébak de travers, oui, je recueillerai
maintenant tous mes profits, et sans en
rien déduire, sans rabattre un scrupule de

tout ce que m'a fait gagner ma compassion pour cette noble dame. Levant alors un instant les yeux au ciel, il croisa les bras, baissa la tête, et s'écria, après un moment de silence : –Vengeur d'Israël, éteins la colère que tu as allumée en moi contre mon frère !

Shébak, étonné et confus, se retira promptement et sortit de la chambre, tandis que Rothelan et lady Albertina regardoient le vieillard indigné, avec un sentiment mêlé de surprise et de respect.

— Oui, s'écria Adonijah, j'ai été avare comme la mer ; je me suis enrichi du naufrage des autres ; j'ai dans mon trésor des pierres précieuses et des lingots d'or qui étoient le pain des orphelins ; mais ne suis-je pas Juif? ne dois-je pas avoir mes profits? Quand vous étiez plongée dans le désespoir, Milady, n'ai-je pas paru à vos yeux comme l'espérance ? ne me devez-vous rien pour cela? Je suis Juif; je dois être payé. Jeune homme, interrogez votre mère, elle vous dira ce que j'ai fait pour elle et pour vous. Que me donnerez-vous pour tout ce que j'ai fait, et pour ce que je ferai encore? car vous rentrerez dans votre héritage, et le roi vous rétablira dans vos honneurs.

L'enthousiasme d'Adonijah s'étant exhalé de cette manière, sa voix reprit sa douceur et sa mélodie ordinaires, et il ajouta avec un accent de tendresse et de regret :

— Mais tel est mon destin, nul plaisir ne se retrace à ma mémoire; jamais le ciel ne m'a permis de goûter aucune joie, si ce n'est au milieu de tant de trouble et d'inquiétude, que je ne savois si je devois m'affliger ou me réjouir. En voyant votre bonheur, je me suis laissé aller à un mouvement d'orgueil, et je me suis dit: Ce bonheur est mon ouvrage: mais Balthazar a été puni au milieu de la gloire de son banquet somptueux, et cependant

pourquoi me plaindre ? L'homme que
la nature a créé bossu peut-il charmer
les yeux par une taille comme la
vôtre, mon fils ? Ce n'est pas sa faute,
c'est son destin, qui a fait de Shébak
un ulcère dans les reins d'Israel ; et j'ai
tort de me livrer à la colère contre lui,
comme je le fais. Mais, Milady, ne perdons pas le temps en vains discours. Sir.
Amias ne tardera pas à apprendre le retour
de votre fils, et tramera de nouveaux
complots, comme le passé doit nous le
faire croire. Rendons-nous chez le grand
prêtre de Winchester, et rappelons lui
ce qu'il nous a promis autrefois. Quoiqu'il ait oublié sa promesse, il l'exécu-
tera peut-être avec plus de promptitude
quand il verra.....

Il s'interrompit en entendant frapper
avec force à la porte, et à peine avoit-
il eu le temps de songer à ce qu'il devoit
faire, qu'on frappa une seconde fois à
coups redoublés. Une manière si péremp-

toire de demander à entrer étoit un son
qui, à cette époque, n'étoit nullement
agréable aux oreilles des enfans d'Abra-
ham. Lady Albertina, pour qui la crainte
étoit devenue une habitude, fut encore plus
troublée qu'Adonijah ; elle tira son fils
à elle avec un mouvement d'alarme, et
voulut le faire passer dans un appartement
intérieur.

— Voyons qui ce peut être, dit Rothelan, qui conserva seul toute sa présence
d'esprit ; irai-je ouvrir la porte ? Et il
alloit sortir de la chambre, quand on
frappa une troisième fois, et presque au
même instant Shébak accourut pâle et
tremblant, et leur dit que sir Amias et
Ralph Hanslap demandoient à entrer.

— Qu'ils entrent, dit Rothelan, qu'a-
vons-nous à craindre ?

Shébak sortit pour aller ouvrir la porte,
et Adonijah répondit à Rothelan :

— Il s'est rendu coupable d'injustice

envers vous. N'est-ce pas une raison pour le redouter? Mais prenons ses propres armes pour le recevoir; puisqu'il vient ici lui-même, il va s'y présenter revêtu des dehors de l'amitié; qu'il ne voie donc pas que nos cœurs sont ulcérés contre lui.

— Faut-il donc que j'étouffe l'indignation que m'inspirent les injures qu'il a faites à ma mère? s'écria Rothelan avec impétuosité.

— Doucement, jeune homme, doucement, dit Adonijah en lui appuyant la main sur l'épaule; suivez nos conseils dans cette affaire, car nous marchons sur un terrain glissant.

— J'écouterai patiemment ce qu'il a à nous dire, répondit Rothelan, mais le moins qu'il puisse attendre de moi c'est le mépris.

— Peut-être n'est-il pas encore informé du retour de mon fils, dit lady Albertina; peut-être ignore-t-il même que je suis ici ; il est possible qu'il ait quelque affaire avec vous, Adonijah ; ne vaut-il donc pas mieux que nous nous retirions, et que nous vous laissions le soin de le recevoir?

— Il y a beaucoup de prudence dans cette pensée, dit Adonijah ; et, avec une vivacité qui ne lui étoit pas ordinaire, il ouvrit la porte d'un autre appartement, y fit entrer à la hâte la mère et le fils, et la referma sans bruit. Prenant alors un tabouret, il s'assit devant une table sur laquelle on voyoit tout ce qu'il faut pour écrire.

A peine avoit-il la plume à la main que Shébak entra, suivi du baronnet et de son digne confident.

— Ah ! mon digne ami sir Amias de Crosby ! s'écria Adonijah en se levant avec un air de surprise, quel honneur pour ma pauvre maison ! J'étois bien loin de l'espérer.

Le baronnet ne lui répondit pas ; mais jetant les yeux tout autour de l'appartement, il parut évidemment déconcerté en n'y voyant qu'Adonijah.

— On m'a assuré, dit sir Amias avec son ton de mansuétude ordinaire, qu'une dame que je désire revoir depuis bien long-temps est dans votre maison : ce fait est-il vrai ?

— De quelle dame parlez-vous, mon digne sir Amias? Est-ce de lady Alber- tina, celle qu'on appeloit la femme de votre frère ? oui, elle est dans cette maison. Elle m'a emprunté de l'argent, j'espère que le bon sir Amias l'aidera à me payer ; car je suis pauvre, et mon argent est ma vie.

— Où est-elle? Je voudrois la voir, je voudrois lui parler.

Adonijah regarda le baronnet en face, et lui dit :

— Je puis vous la faire voir, mais elle est agréablement occupée en ce moment avec son fils.

La physionomie de sir Amias changea

subitement. Ce n'étoit pourtant ni rougeur, ni confusion, ni surprise. C'étoit
cette contraction de tous les traits qui se
fait quelquefois remarquer quand on
veut se rendre maître d'une violente
émotion. Ralph Hanslap, qui étoit à côté
de son maître, mais un peu en arrière,
conserva cet air calme et imperturbable
qui ne le quittoit jamais; mais, en entendant dire que Rothelan étoit avec sa
mère, il tira doucement un pan de l'habit du baronnet, et dit en s'adressant au
Juif:

— Son fils! Et où a-t-il été? D'où
vient-il?

Adonijah ne lui répondit rien, et continua à s'adresser au baronnet.

— C'est un vrai Absalon pour la beauté.
Vous serez fier de voir un tel neveu. Et ne
sera-t-il pas pour vous ce que fut Joseph
en Egypte pour ses frères?

— Où est-il? s'écria sir Amias; ce

n'est pas pour causer avec vous que je
suis venu ici.

Adonijah, s'apercevant que la conversation, si elle continuoit sur ce ton, pouvoit l'exposer à quelque risque, au lieu
de chercher à excuser l'observation qui
avoit irrité le baronnet au point d'oublier
la politesse due même à un Juif dans
sa propre maison, mit humblement une
main sur sa poitrine, et ouvrant la porte
de la chambre dans laquelle lady Albertina étoit avec son fils, il y entra, et y
resta pendant l'entrevue dont nous ren-
drons compte dans le chapitre suivant.

CHAPITRE XIII.

OUVERTURES.

« Comme il a l'air flatteur d'un lâche publicain ! »
SHAKSPEARE.

ON peut dire que l'expérience instruit les fous; cependant notre auteur remarque ici qu'elle ne leur apprend qu'à joindre l'astuce à leur folie. D'après la connoissance particulière que nous avons faite avec cette vénérable matrone, nous sommes très-portés à embrasser son opinion, car nous avons de bonnes raisons pour croire qu'en ce qui concerne la connoissance du monde, elle fait payer fort cher les leçons qu'elle donne. « Expérience, dit notre auteur, a beaucoup d'austérité dans le caractère, et elle n'a que peu d'égards pour les promesses que fait Jeunesse et pour les espérances qu'elle donne. Elle les fait évanouir avec la même dureté qu'une sèche et maigre maîtresse d'école arrache des mains de la petite fille pleine de gaîté, qui arrive dans sa classe, les bouquets qu'elle a cueillis chemin faisant, et qui la gronde et même la châtie pour s'être amusée à ramasser des fleurs qui se flétriront si tôt. »

Mais de toutes les leçons qu'elle nous donne, il n'en est aucune qui soit plus désagréable que celle qui nous apprend qu'un air affable n'est souvent qu'un voile qui couvre la duplicité : or, le jeune Rothelan ne l'ayant pas encore reçue, il en résulta naturellement que le ton d'urbanité de son oncle fit sur lui une tout autre impression que sur sa mère.

Lorsqu'ils entrèrent dans la chambre

6*

où étoit sir Amias, il s'avança vers eux avec un air poli et respectueux ; il s'approcha de lady Albertina, qui fit involontairement un pas en arrière, et alors, sans s'adresser à elle, il se tourna vers Rothelan, et lui dit :

— Vous avez sans doute appris les circonstances qui engagèrent votre mère à quitter ma maison ?

Rothelan, qui étoit arrivé l'air menaçant et bien déterminé à ne lui montrer que hauteur et dédain, jeta un coup d'œil sur sir Amias, mais ne lui répondit rien. Le baronnet continua :

— Ce n'est que par un accident singulier que j'ai entendu parler aujourd'hui de vous et de votre mère ; on m'a dit que vous aviez pris du service en Ecosse ; mais j'emploierai tout mon crédit pour obtenir votre grâce. Je vous servirai de tout mon pouvoir, quoique votre mère n'ait jamais voulu me regarder comme un ami. En

portant les armes contre votre roi légitime, vous ne pouvez vous dissimuler
que vous vous êtes rendu coupable de
haute trahison, mais je.....

Il fut interrompu par un cri terrible
et effrayant que poussa lady Albertina,
qui jusqu'alors étoit restée immobile, re-
muant à peine une paupière; ce cri étoit
si étrange, si solennel, que Ralph lui-
même, qui étoit derrière son maître, ne
put s'empêcher d'en tressaillir.

— Je ne l'ai donc retrouvé que pour le
perdre, pour le perdre à jamais ! s'écriat-
t-elle ensuite avec l'accent du désespoir;
et, recueillant toutes ses forces, elle lança
à sir Amias un regard d'indignation qui
sembloit vouloir pénétrer au fond de son
âme, et ajouta : — Qui l'a envoyé en
Ecosse?.... qui s'est rendu coupable de trahison? La voix lui manqua; elle ne put
en dire davantage; son sein se gonfloit
et s'agitoit de désespoir, et elle se tordoit
les mains avec angoisse.

— Serez-vous donc toujours injuste envers moi, Madame ? demanda sir Amias d'un ton calme et tranquille.

— Injuste envers vous ! s'écria-t-elle ; je ne l'ai jamais été ; il est impossible que je le sois. Je ne vous accuse de rien que votre conscience ne vous reproche. N'est-ce pas votre cupidité qui vous fait désirer la perte de mon malheureux fils ? que venez-vous faire ici ? nous ne vous demandons aucun secours ; nous les dédaignons, nous les méprisons ; nous ne vous demandons que votre haine, et nous la possédons déjà, sir Amias ; oui, nous savons que vous avez pour nous toute la haine que peut concevoir le crime qui craint la vengeance.

Sir Amias endura ces reproches avec un air de calme et de compassion qui alloit presque jusqu'à un sourire ; et, tandis qu'elle s'abandonnoit ainsi à son indignation, il jetoit de temps en temps un coup d'œil sur son neveu comme s'il eût voulu lui dire : — Est-il possible que vous la laissiez extravaguer ainsi ?

La violence de cet accès avoit affoibli lady Albertina ; appuyant un bras sur l'épaule de son fils, elle pencha la tête et versa des larmes amères.

— Je ne puis lutter plus long-temps contre ma destinée, dit-elle ; faites tout ce qu'il vous plaira, sir Amias, il ne me reste plus assez de courage pour combattre votre astuce.

— Mais j'en ai pour deux, s'écria Rothelan. Et, se dégageant doucement des bras de sa mère, il s'avança vers son oncle avec fierté.

— A peine suis-je encore bien instruit, lui dit-il, des injures dont ma mère a à se plaindre et du tort que vous m'avez fait à moi-même, mais.....

Sir Amias l'interrompit.

— Ecoutez-moi, s'écria-t-il ; écoutez

d'abord ce que j'ai à vous dire : il est possible que votre mère soit, comme elle l'a
toujours prétendu , veuve de mon frère,
et que vous soyez son fils légitime et par
conséquent son héritier; mais faites attention que près de vingt ans se sont
écoulés depuis la mort de votre père , et
que, pendant tout ce temps, elle n'a pas
rapporté la moindre preuve de son mariage. Certainement elle a eu tout le loisir
de s'en procurer, et cependant, au lieu
d'en produire, elle se borne à m'adresser
des reproches. Pour écarter jusqu'à l'ombre
d'une difficulté entre nous, pour prouver
que je suis véritablement son ami, comme
je l'ai toujours déclaré, et que je ne suis
pas moins le vôtre, qu'elle fasse paroître
un seul témoin de son prétendu mariage
avec mon frère, et je vous remets à l'instant, volontairement et avec plaisir, tout
ce qui vous appartiendroit en ce cas.

Ce discours étoit plausible , et il fut
prononcé avec un air de tant de candeur

et de franchise, que Rothelan fut ébranlé, et jeta un regard sur sa mère comme pour lui demander ce qu'elle avoit à y répondre ; mais elle ne fit que secouer la tête sans prononcer un seul mot.

— Que puis-je faire de plus ? continua sir Amias ; quelle autre chose peut-on raisonnablement me demander ? Je suis chargé de conserver l'honneur et les biens d'une noble maison, et je manquerois à ce que je me dois à moi-même, à ce que je dois à ma famille, si j'abandonnois la succession de mon frère à quelqu'un dont les droits ne seroient pas bien prouvés. Appuyez - les donc sur quelque preuve, et vous me verrez le premier à les reconnoître. Mais toutes ces protestations ne sont que du temps perdu, vous me jugerez par les effets. Le but de ma visite est de vous inviter à prendre votre logement chez moi.

— N'y allez pas, s'écria lady Albertina

en saisissant son fils par le bras; vous n'i-
rez pas chez lui, il mettroit du poison
dans ce qu'il vous offriroit à boire.

Sir Amias pâlit de colère, et jeta un
regard à la dérobée sur Ralph Hanslap,
qui étoit toujours derrière lui, et qui, en
entendant cette nouvelle accusation, baissa
les yeux sans donner aucun signe d'émotion.

La pâleur du baronnet ne dura qu'un
instant; et, reprenant son ton ordinaire,
il répondit : — La pitié qu'inspire votre
situation, Madame, doit faire excuse tout
ce que vous pouvez dire, mais je vois
avec plaisir que votre fils me rend assez
de justice pour ne pas croire à de pareilles
imputations.

— En ce cas il fera honte à sa malheureuse mère, s'écria lady Albertina ; il
n'est pas mon fils s'il ne pense pas comme
moi, s'il ne partage pas mon ressentiment.

— Je lui offre encore ma protection et mon crédit.

— Dieu le protégera comme il m'a protégée ; nous ne voulons rien accepter de vous, du calomniateur de ma réputation, du spoliateur de ses droits légitimes.

— Si vous continuez à parler ainsi, Madame, je ne puis vous entendre davantage sans manquer à ce que je me dois à moi-même ; j'étois venu ici comme ami.

— Comme ami ! dites comme trompeur, comme traître.

Rothelan se trouvoit dans un grand embarras : le sang-froid de son oncle et la violence de sa mère formoient un tel contraste, qu'il n'avoit pas assez d'expérience pour démêler la dissimulation de l'un, et que l'occasion ne sembloit pas justifier les emportemens de l'autre. Sans douter le moins du monde de la vérité de ce que lui avoit dit sa mère, qui venoit seulement de lui apprendre son histoire,

II. 7

il ne pouvoit s'empêcher de penser que
la conduite de sir Amias annonçoit de la
franchise et même de la générosité. Quand
le baronnet, après le dernier reproche
que venoit de lui adresser lady Albertina,
se retira en la saluant, suivi de Ralph
Hanslap, Rothelan le reconduisit jusqu'à
la porte de la rue, et il étendoit le bras
pour prendre la main que lui présentoit
son oncle, quand sa mère, se précipitant
sur lui, le tira par l'habit comme pour le
garantir du danger de la contagion, le fit
rentrer, et ferma la porte.

CHAPITRE XIV.

CHAT ÉCHAUDÉ CRAINT L'EAU FROIDE.

« Aux aveux qu'il a faits, j'ai su le reconnoître ;
Le rôle qu'il jouoit étoit celui d'un traître.
J'ai trop goûté le fiel distillé par ses mains,
Pour me fier encore au plus faux des humains. »

La Belle-Mère.

Dès qu'Adonijah entendit sir Amias se retirer, il sortit sur-le-champ de la chambre dans laquelle il étoit resté, et d'où il avoit entendu tout ce qui s'étoit passé. Il avoit les joues pâles, les lèvres livides, et les yeux ardens ; il entra les mains et les bras étendus, et tout son ex-

térieur annonçoit la crainte ; tout son
corps trembloit ; il jetoit de tous côtés
des regards égarés ; il marchoit avec pré-
caution , comme s'il eût craint que le
bruit de ses pas ne le trahît ; enfin , quand
il prit la parole , il ne s'exprima qu'à
demi-voix , quoique en appuyant fortement ,
sur ses paroles.

— Fuyez ! ne perdez pas de temps !
s'écria-t-il en saisissant Rothelan par le
bras ; chaque instant que vous restez ici
vous met en danger. Partez, je vous en
prie. Tenez, prenez cet argent, il vous
servira à vous conduire en lieu de sûreté.
Un grand nombre de guerriers se disposent
à passer la mer pour aller rejoindre le roi
Edouard en France : partez avec eux. Les
promesses qu'il vous a faites ne sont qu'une
glace trompeuse qui se briseroit sous vos
pieds. Vous êtes perdu si vous vous y
fiez ; votre malheureuse mère seroit encore
plongée dans l'affliction, et le pauvre Juif,
qui voudroit vous servir pour le profit du

plaisir qu'il y trouve, deviendroit un objet
d'ignominie parmi les hommes.

Rothelan se sentoit ému par la sollici-
tude et les alarmes manifestes de sa mère,
et l'éloquence pressante d'Adonijah ne
laissoit pas aussi de faire quelque impression sur son esprit ; mais le ton d'urbanité
calme de son oncle avoit produit sur lui un
tel effet, qu'il ne partageoit leurs inquiétudes que bien foiblement.

— Je ne vois pas, dit-il, pourquoi nous
nous livrerions ainsi à la crainte. Ce que
vient de dire sir Amias de Crosby me paroît juste et raisonnable. C'est nous qui
sommes à blâmer de ne pas lui rapporter
les preuves qu'il demande. Comment se
fait-il, ma mère, que vous ayez laissé passer tant d'années sans le satisfaire à cet
égard, puisqu'il ne vous demande qu'un
seul témoin ?

Lady Albertina ne répondit rien : elle
s'approcha d'une chaise, s'assit, et, se cou-

vrant le visage des deux mains, se mit à
pleurer amèrement. Cependant Adonijah
étoit devenu plus calme, et quoique encore un peu agité, il fut assez maître de
lui-même pour parler avec tranquillité.

— Ce seroit un reproche à faire à la nature, dit-il, si un jeune homme si brave et
si franc pouvoit discerner en un instant la
fausseté des démonstrations d'amitié de sir
Amias de Crosby. La loyauté n'apprend
pas en un jour à se méfier de la perfidie.
Je serois affligé jusqu'aux larmes, si, avec
tant de si belles qualités, vous aviez pu lui
refuser la confiance que sembloient mériter
des paroles si bien dorées.

—Mais, hélas! dit lady Albertina, qui
avoit entendu ce que le Juif venoit de
dire, faut-il qu'il ait assez de confiance en
cet homme faux et corrompu pour mettre
en balance ses paroles avec les miennes?
N'est-ce pas couvrir sa mère d'opprobre,
que de supposer un instant qu'elle puisse

être coupable de l'imposture que le calme perfide de ce méchant homme, ses paroles cruellement mielleuses, ses propositions astucieusement polies, nous dénoncent assez?

Son affliction et son angoisse étoient si vives, que Rothelan, qui n'avoit jamais vu une telle expression de douleur, en resta immobile et hors d'état de répondre. Adonijah devina la cause de son silence.

— Point de reproches, ni d'explications, dit-il ; le moment ne le permet pas. Prenez cet argent, rendez-vous sur-le-champ sur le bord de la Tamise, vous y trouverez des vaisseaux chargés de braves soldats prêts à partir pour la France ; embarquez-vous avec eux ; rejoignez le camp du roi ; cherchez lord Mowbray ; dites-lui que vous êtes son petit page ; contez-lui tout ce que vous savez de votre histoire. Non, ne répliquez rien ; partez ; songez qu'il y a derrière vous une main invisible armée d'un poignard.

A ces mots, il saisit Rothelan par le
bras, l'entraîna hors de la chambre, et en
ferma la porte, sans même lui laisser le
temps de faire ses adieux à sa mère.

— Mais pourquoi se livrer à de telles
alarmes ? dit Rothelan en entrant dans le
vestibule, je ne crains nullement mon
oncle; et si je quitte ma mère, en quoi
s'en trouvera-t-elle mieux ? Non, je res-
terai près d'elle.

— Vous parlez comme il convient à votre
âge, s'écria Adonijah. N'avons-nous pas
déjà vu à quelles manœuvres sir Amias peut
avoir recours ? Oh ! il sera plein de bonté
et d'affection pour vous : il vous caressera;
il vous protégera, si vous pouvez vous décider à supporter tranquillement la tache
de bâtardise. Oui, oui, vous trouverez en
ce cas un ami chaud et puissant en sir
Amias de Crosby.

— Malgré toutes ces raisons, je n'en
vois aucune pour partir si précipitamment.

A peine sais-je qui je suis, à peine ai-je eu le plaisir d'embrasser une mère qui a éprouvé de longues infortunes ; je ne puis me résoudre à m'en séparer si promptement, à la quitter en fugitif. Tout ce que j'ai entendu, tout ce qu'elle m'a appris, tout ce que vous m'avez dit, ne sert qu'à me convaincre que je dois rester ici pour venger sa réputation outragée, et obtenir mon rétablissement dans mes droits légitimes.

— Quoi ! n'avez-vous pas entendu sir Amias s'apitoyer sur vous ? Ne vous a-t-il pas offert son crédit pour vous faire obtenir le pardon du crime de haute trahison dont il vous accuse ? Ne voyez-vous pas le danger que couvre cette offre en apparence généreuse ? Mais ce n'est pas le moment de discuter ; partez !

Rothelan sembloit pourtant encore hésiter ; mais Adonijah ne put modérer plus long-temps son impatience. Il appela à haute voix (d'une voix qui annonçoit l'ur-

gence) Shébak , qui étoit encore dans la
maison , et Shébak arriva sur-le-champ.

— Mon frère, lui dit-il , conduisez ce
jeune homme sur le bord de la Tamise, et
ne le quittez pas que vous ne l'ayez vu
monter sur un des bâtimens qui vont partir
pour la France. N'écoutez rien de ce qu'il
pourra vous dire. S'il fait des remontrances ,
dites à tout le monde qu'il est fou. Il a un
superbe héritage à recueillir , des honneurs
à réclamer, une grande vengeance à exer-
cer, et il veut mettre tout en péril parce
que sir Amias a une langue dorée.

Sans donner le temps à Rothelan ni à
Shébak de répliquer, il les poussa tous
deux en avant, et les mit, pour ainsi dire ,
à la porte de sa maison.

Ayant été ensuite rejoindre lady Albertina , maintenant, lui dit-il, allons vite
chez le grand prêtre de Winchester, et
apprenons-lui le retour de votre fils et
toutes les merveilles de cette journée. Tra-

hison ! et qui a rendu ce pauvre jeune
homme coupable de trahison ?

L'importance qu'Adonijah attachoit à la
circonstance rappelée par sir Amias, que
Rothelan avoit été fait prisonnier portant
les armes contre sa patrie, réveilla toutes
les craintes et toutes les inquiétudes de sa
mère. Et les appréhensions du Juif n'étoient
pas déraisonnables ; car, malgré le calme
apparent avec lequel le baronnet avoit
écouté les reproches de lady Albertina, ils
avoient retenti jusqu'au fond de son âme,
et en conséquence, il avoit, en la quittant,
donné ordre à Ralph Hanslap d'aller sur-
le-champ à Westminster dénoncer son neveu comme traître à sa patrie, et solliciter
un ordre pour le faire arrêter.

Cependant, à peine avoit-il commis ce
nouveau crime, qu'il fut déchiré par des
remords de conscience. La scène qu'il avoit
eue avec sa fille dans la matinée se repré-
senta à son imagination, le couvrit de

honte et le remplit d'angoisse. Le retour
inattendu de son neveu lui démontroit l'inutilité de tout ce qu'il avoit fait jusqu'a-
lors pour le mettre hors d'état de revendi-
quer ses droits, et l'accabloit de consternation. Il lui sembloit que la Providence
se déclaroit ouvertement pour Rothelan,
et il retourna chez lui à grands pas, bour-
relé de remords, en formant des projets
vagues, sans suite et sans objet. S'il avoit
pu effacer la mémoire du passé, et prendre
un tel parti sans rendre publique l'ignominie dont il s'étoit couvert, il auroit pu con-
sentir en ce moment à restituer à la veuve
et à l'orphelin tout ce dont il les avoit dé-
pouillés.

CHAPITRE XV.

PREMIÈRES IMPRESSIONS.

« Tu veux savoir ce qu'il m'a dit ?
Crois-tu donc que l'Amour ait besoin de paroles ?
Le moindre regard lui suffit. »

L'Amant et sa Maîtresse.

PENDANT ce temps, Béatrix avoit peint à sa mère l'état d'agitation et de remords dans lequel elle avoit vu son père, et n'avoit pu retenir ses larmes en lui disant combien elle regrettoit qu'il laissât prendre sur lui tant d'influence et d'ascendant par Ralph Hanslap, que son affection filiale la portoit à regarder comme le plus grand coupable.

Lady de Crosby l'écouta sans lui répondre, et resta couchée sur son sopha,
les bras croisés sur sa poitrine, les yeux
fermés et paroissant livrée à de sérieuses et
tristes réflexions.

Béatrix remarqua sa distraction, et de-
meura près d'elle en silence, la regardant
avec inquiétude et chagrin.

— Êtes-vous encore ici, ma fille ? dit sa
mère au bout de quelques instans; et ouvrant les yeux, elle les leva sur Béatrix, et
lui prit la main avec affection.

— J'ai pensé à ce que vous me disiez, ma
chère enfant, ajouta-t-elle, et je vois que
la Providence nous a encore réservé un
moyen pour expier la faute de votre père
sans le déshonorer.

Béatrix ne répondit rien, et s'assit près
de sa mère, attendant une explication; mais
lady de Crosby retomba dans ses réflexions,
et resta encore assez long-temps sans parler.
Enfin elle dit, comme si elle se fût adressé

la parole à elle-même : — S'il ressembloit
tant soit peu à son père, je n'en désespé-
rerois pas. Et, se tournant vers sa fille, elle
ajouta : L'avez-vous regardé avec attention ?

— De qui parlez-vous ? demanda Béatrix, affectant peut-être de ne pas comprendre ce qu'elle entendoit fort bien.

— Lord Edmond, quand je l'ai connu, dit
sa mère sans répondre à cette question,
passoit pour l'ornement de la chevalerie
anglaise.

Il s'ensuivit une autre pause, et lady
de Crosby fut encore la première à rompre
le silence.

— Je veux vous faire connoître lady
Albertina, dit-elle enfin. Sainte Marie,
disposez son cœur à battre à l'unisson du
mien !

— Doutez-vous que mon cœur ne batte
comme le vôtre ? dit Béatrix, qui se mé-
prit sur le sens de cette exclamation ; j'ai le

plus grand désir de la voir, et les heures me paroîtront bien longues jusqu'à ce que vous me l'ayez fait connoître.

Lady de Crosby regarda sa fille en souriant, et ce sourire annonçoit une satisfaction intérieure dont l'expression paroissoit bien rarement sur ses traits.

— Vous viendrez aux vêpres avec moi ce soir, à l'église de Sainte-Hélène, dit-elle; c'est à cette heure que j'y trouve lady Albertina. Mais ne m'avez-vous pas dit que vous avez vu passer son fils?

— Je ne suis pas sûre que ce fût son fils; mais je me le suis imaginé. Il avoit le plus noble maintien.

— C'étoit ce qui distinguoit son père. Puisse le ciel amener ce que promettent des augures si favorables! Vous l'avez donc examiné avec attention, Béatrix?

— J'ai à peine eu le temps de l'entrevoir, répondit Béatrix, le visage couvert d'un coloris si léger, qu'on auroit à peine pu l'appeler de la rougeur; car au même instant mon père s'est retiré de la fenêtre avec la plus vive agitation.

— Vous avez eu à peine le temps de l'entrevoir, dit sa mère, et cependant vous avez remarqué la noblesse de son maintien! cela semble prouver que vos pensées se sont occupées de lui encore plus que vos yeux; et, lui prenant encore la main, elle ajouta avec un ton d'enjouement d'autant plus remarquable qu'il y avoit bien long-temps qu'elle n'en avoit montré: — De même que l'esprit peut en un instant passer de la terre au ciel et se reporter sur tout le passé, ainsi il a le pouvoir de comprendre en un moment ce qu'il n'apprend ordinairement qu'à l'aide du temps. Quoique vous ayez à peine entrevu votre jeune cousin, je suis convaincue que vous ne pensez pas à lui comme à un étranger.

— Non sans doute, puisqu'il est mon parent, répondit Béatrix.

7*

Sa mère lui serra la main, et la satisfaction qu'elle éprouvoit la ranimant, elle se leva du sopha sur lequel elle étoit couchée, et s'assit à côté de sa fille.

— Je ne sais, dit-elle, pourquoi je continuerois à avoir avec lady Albertina une liaison presque clandestine. C'est une manière d'agir indigne de ses vertus, indigne de mon caractère. Venez, Béatrix : cette entreprise auroit été hier au-dessus de mes forces, mais aujourd'hui je m'en sens capable. Je veux aller la voir chez elle : je sais qu'elle demeure chez le Juif Adonijah. Vous y viendrez avec moi, et nous serons ensuite amis, comme doivent l'être des parens.

En ce moment sir Amias entra dans l'appartement, après avoir eu son entrevue avec lady Albertina : il avoit le front soucieux, et tout son extérieur annonçoit l'inquiétude et le désappointement. Cependant il avoit si souvent l'air distrait et em-

barrassé , qu'en tout autre moment sa
femme et sa fille auroient à peine remarqué
l'état dans lequel il se trouvoit ; mais les
événemens de la journée avoient éveillé un
nouvel intérêt dans l'esprit de sa fille ; et,
connoissant alors la cause qui l'affectoit
ainsi, au lieu de s'adresser à lui avec cet
air de franchise et de gaîté innocente qui
réussissoit quelquefois à le tirer de ses
sombres réflexions, elle parut saisie d'une
crainte involontaire , et lui jeta , sans le
savoir, un regard qui respiroit une méfiance
si visible , que cette différence de conduite
excita bientôt l'attention de son père.

D'abord il en fut surpris , et il étoit sur
le point de lui adresser une question, pour
lui en demander la cause, quand il se
rappela tout à coup ce qui s'étoit passé le
matin à l'instant où il avoit vu Rothelan
arriver , et l'idée que sa fille en avoit été
témoin l'humilia cruellement. Ce sentiment d'humiliation , qui auroit pu produire un bon effet, ne dura pourtant qu'un

instant; le mauvais principe l'emporta
bientôt, et il se tourna vers lady de Crosby
d'un air sévère, comme pour lui repro-
cher d'avoir aliéné de lui le cœur de sa
fille. Mais, au lieu de l'air froid et repoussant avec lequel elle l'avoit toujours regardé
depuis bien des années, il fut tout étonné
de voir la gaîté briller dans ses yeux, et
un sourire conciliant orner ses lèvres. En
même temps elle lui fit signe de s'asseoir
près d'elle sur le sopha.

Ce changement subit lui parut encore
plus inexplicable que celui de Béatrix. Il
resta quelque temps indécis, regardant
tantôt l'une tantôt l'autre, désirant connoître la cause de cette double métamorphose
et n'osant la demander.

— Je voudrois parler seule à votre père,
dit lady de Crosby à sa fille, et Béatrix se
retira sur-le-champ.

Sir Amias la suivit des yeux jusqu'à ce
qu'elle eût fermé la porte en sortant. En-

suite, sans bouger de la place où il étoit
encore debout, il regarda son épouse avec
un mélange de surprise et de curiosité, ne
pouvant s'imaginer ce qu'elle pouvoit avoir
à lui dire de si secret que sa fille ne pouvoit l'entendre. Enfin, par une sorte de
mouvement machinal, il s'avança vers elle,
et s'assit à son côté sur le sopha.

~~~~~~

CHAPITRE XVI.

LE RENARD PRIS DANS SON PROPRE PIÉGE.

« Vous désirez passer pour un sujet fidèle :
A quoi vous conduira ce bel accès de zèle ?
Je n'en sais ma foi rien. »

CHAPMAN.

SIR Amias et lady de Crosby restèrent
assis l'un près de l'autre deux ou trois minutes sans prononcer un seul mot. Le
baronnet attendoit sans oser interroger ;
et lady de Crosby vivoit depuis si long-
temps avec son mari comme s'il eût été pour
elle un étranger, que, malgré le désir qu'elle
avoit de lui faire part du plan qu'elle

avoit formé relativement à sa fille et à
Rothelan, elle se trouvoit embarrassée à
l'instant de le lui communiquer. Elle ne
savoit d'ailleurs comment entamer la conversation, de crainte qu'en lui apprenant
qu'elle étoit informée du retour de leur
neveu, il ne la soupçonnât d'avoir secrè-
tement conspiré contre lui. Elle avoit
remarqué depuis bien long-temps que
depuis que lady Albertina avoit quitté Cros-
by-House, il la regardoit avec méfiance,
et sembloit convaincu, sans en rien dire,
qu'il avoit perdu son affection.

— Béatrix m'a dit, dit-elle enfin avec
timidité, que vous avez été indisposé, qu'il
est arrivé quelque chose qui.....

Sir Amias la regarda avec un air d'humeur, et parut un instant disposé à lui
imposer silence brusquement. Mais elle
ajouta sur-le-champ d'un ton grave et
solennel qui lui en imposa:

— Je ne connois qu'une chose, sir

Amias, une seule chose qui puisse vous
avoir fait une si vive impression.

— Et quelle est-elle, Madame?

— La vue de la veuve de votre frère
et de son fils.

— De la veuve de mon frère? De quelle
veuve? De qui parlez-vous? Est-ce de
l'Italienne qu'il a ramenée avec lui?

— D'elle-même, de l'infortunée lady
Albertina, répondit-elle en le regardant
avec un air de tristesse et de compassion
qui lui ôta la force de répliquer.

— Sir Amias, ajouta-t-elle, en appuyant la main sur une des siennes, il y
a bien des années que je ne vous ai parlé
de cette malheureuse dame, pas même
pour vous demander si vous saviez ce
qu'elle étoit devenue, et si son fils existoit
encore. Cependant leur sort ne m'est pas
tout-à-fait inconnu. Je sais qu'il sont tous
deux à Londres en ce moment.

— Eh bien, Madame, que m'importe

qu'ils y soient ! J'aurois voulu être leur ami, leur prouver que je me regardois véritablement comme leur parent et leur protecteur ; mais vous savez comment mes premières avances ont été repoussées. Ce que vous ignorez, c'est que je viens d'en faire encore de plus grandes, et qu'elles ont été reçues avec insulte et mépris.

— Je n'ai pas dessein, dit lady de Crosby avec une fermeté que son mari ne s'attendoit pas à trouver en elle, de vous fatiguer par des commentaires sur ce qui est passé, je désire vous parler de ce que l'avenir peut faire pour combler tous vos désirs et vous rendre l'honneur.

— Me rendre l'honneur, Madame! Que voulez-vous dire? Croyez-vous donc que je l'aie perdu ?

— Il est du moins en grand danger, lui répondit-elle d'un ton calme et tranquille ; car elle sentoit qu'elle avoit commencé la tâche qu'elle s'étoit imposée, et

II.

elle étoit déterminée à ne pas la laisser
imparfaite.

— Béatrix, dit-elle, a vu un jeune
homme que toutes les apparences me por-
tent à regarder comme le fils de lady
Albertina. Elle m'a dit que son maintien noble l'avoit prévenue en sa faveur.

— Eh bien ! qu'en résulte-t-il ?

— Que de honte, que de souffrances,
que de remords n'éviteroit-on pas! quelle
heureuse fin de tant de malheurs, si leur
union pouvoit avoir lieu !

Sir Amias se leva brusquement, porta
la main à son front, se promena à grands
pas dans la chambre, et s'écria :

— Pourquoi n'y ai-je pas pensé ?

— Il n'est pas encore trop tard, fournissez-
leur les occasions de se voir, et laissez au
temps le soin de faire naître entre eux une
affection mutuelle.

Cette proposition, au lieu de calmer
son agitation, ne servit qu'à l'augmenter;

il s'avança vers elle d'un air égaré, la regarda en face, secoua la tête, se tordit les bras, voulut lui parler, et ne put faire entendre qu'un profond gémissement.

— Pourquoi ce que je vous propose vous agite-t-il ainsi? lui demanda-t-elle; je vous conjure d'être calme, et d'écouter tranquillement une femme qui regarde votre honneur et votre réputation comme indispensables à son propre bonheur.

— C'est un traître! s'écria sir Amias; il a été pris les armes à la main dans les rangs des ennemis de son roi.

— Sa jeunesse, répliqua lady de Crosby, peut servir d'excuse à cette faute jusqu'à un certain point. D'ailleurs on sait qu'il a été amené en Ecosse quand il étoit encore presque enfant.

Sir Amias ne répondit rien, et continua à se promener à grands pas dans la chambre, en proie au plus violent désordre,

maudissant la fatalité qui l'avoit poussé de
crime en crime, et sentant qu'il avoit
perdu, par sa propre faute, la seule chance
qui pouvoit le garantir de l'ignominie de
voir sa conduite publiquement dévoilée.
Une fois il se précipita vers la porte dans
le dessein de faire courir après Hanslap
pour révoquer les ordres qu'il lui avoit
donnés ; mais il s'arrêta tout à coup, sentant qu'il étoit trop tard, et il se livra de
nouveau aux tortures que lui faisoient
éprouver les remords de sa conscience.
S'étant rendu maître de son émotion, il
prit un air de calme et de résolution, et
s'avança vers lady de Crosby pour lui demander comment il se faisoit qu'elle con-
nût si bien l'histoire de Rothelan, elle qui
ne sortoit que pour aller à l'église, et qui
refusoit de voir qui que ce soit. Mais il
changea d'avis au même instant ; il sentit
que les forces lui manquoient pour faire
cette question ; et, se détournant, il continua à se promener avec un air d'acca-

blement, d'humiliation et de désespoir,
qui auroit pu faire pitié.

Lady de Crosby, ignorant la mission
perfide qu'il avoit donnée à Ralph Hanslap en sortant de la maison d'Adonijah,
le regardoit en silence, ne pouvant comprendre pourquoi il se livroit, sans sujet
à ce qu'il lui paroissoit, à une agitation si
violente; elle en étoit surprise et presque
alarmée, car l'état dans lequel elle le
voyoit faisoit un contraste frappant avec
le sang-froid et la tranquillité qui le ca-
ractérisoient.

Enfin, quand la violence de son émotion commença à se calmer, et que le
paroxisme occasioné par ses remords se
fit sentir avec moins de vivacité, il se jeta
sur une chaise, et, après quelques instans
de réflexion, il dit sans lever les yeux :

— Oui, votre avis peut être bon ; je
suis en crédit auprès du gouvernement ;

j'ai pour ami intime le comte de Northum-
berland, à qui le roi est principalement
redevable de la grande victoire qu'on
vient de remporter sur les Ecossais ; je
réclamerai sa protection pour notre jeune
parent, et, quoique sa mère persiste à
rejeter avec mépris mes offres d'amitié,
je déterminerai notre neveu à venir ici,
et je le traiterai comme s'il étoit l'héritier
légitime de mon frère.

Après avoir exprimé cette résolution,
il devint plus calme ; le nuage qui avoit
couvert son front se dissipa ; il fit com-
pliment à son épouse de sa prudence et de
son jugement, et regretta que la maladie
dont elle avoit été attaquée eût interrompu
pendant tant d'années leur bonheur mu-
tuel. Mais, tandis qu'il jouissoit en perspective de l'exécution d'un projet qu'il
croyoit devoir lui rendre la paix d'esprit
qu'il avoit perdue depuis si long-temps,
un domestique entra dans la chambre, et
dit au baronnet que Ralph Hanslap étoit

de retour, et qu'il demandoit à le voir
sur-le-champ.

— Qu'il vienne ici, dit sir Amias. Cependant, changeant d'avis sur-le-champ, il
se leva pour sortir; mais, en arrivant à la
porte, il trouva Ralph Hanslap, qui étoit
venu avec le domestique, afin de rendre
plus tôt compte à son maître de l'exécution de ses ordres.

— Eh bien! s'écria vivement le baronnet, où en sont les affaires? qu'avez-vous
fait?

— Rien, répondit Hanslap du ton sec
et laconique qui lui étoit ordinaire.

— Que le ciel en soit loué! dit sir
Amias, en ce cas tout ira bien. Mais
comment se fait-il que vous n'ayez rien
fait?

— Il s'étoit enfui avant que les officiers de justice arrivassent chez le Juif,
répondit Ralph.

A ces mots, lady de Crosby se leva pré-

cipitamment, et courut à la porte où sir
Amias étoit comme frappé du tonnerre.

— Oui, continua le digne confident,
quoique je n'aie pas perdu un instant, et
que les officiers aient fait toute diligence,
il étoit parti ; nous l'avons suivi à la piste
jusqu'à la porte de fer de la Tour donnant
sur la Tamise. Là nous nous sommes assurés qu'il a pris une barque ; mais étoit-ce
uniquement pour traverser le fleuve, ou
pour joindre un des bâtimens qui viennent
de mettre à la voile pour conduire des
troupes en France ? c'est ce qu'il nous a
été impossible de savoir.

— Est-ce du fils de lord Edmond que
vous parlez ? demanda lady de Crosby.

— Oui, répondit Ralph Hanslap ; il a
été fait prisonnier tandis qu'il combattoit
pour les Ecossais ; et à peine étoit-il arrivé à Londres, que, je ne sais par quel
étrange moyen, il a été mis en liberté.

— Mais vous parlez d'officiers de jus-

tice ; pourquoi le cherchoient-ils ? pourquoi dites vous qu'il s'est enfui? Sir Amias,
ne m'avez-vous pas dit que c'étoit un traître ? pourquoi Ralph Hanslap a-t-il été si
alerte à chercher des officiers pour l'arrêter ? Tout s'explique maintenant.

Elle n'en dit pas davantage, et , regardant son mari avec un air de fermeté mélancolique , elle leva les yeux au ciel ,
baissa tristement la tête, soupira du fond
du cœur , et, retournant s'asseoir sur son
sopha , s'appuya sur le coude et se couvrit
le visage de son voile , tandis que sir Amias
s'éloignoit avec son fidèle écuyer.

CHAPITRE XVII.

ÉCONOMIE DOMESTIQUE,

« Elle filoit, filoit, filoit toujours. »
La bataille de Largs.

PENDANT que les événemens que nous venons de rapporter se passoient à Londres, la nouvelle de la défaite de l'armée écossaise à Neville's-Cross étoit arrivée en Ecosse, et notre auteur décrit à sa manière la consternation universelle qu'elle y répandit : « Tous les esprits, dit-il, s'agitoient comme des oiseaux pris dans un filet. On n'entendoit que des cris d'alarme et de désespoir ; les hommes couroient çà et là et se rassembloient dans les rues, et les femmes ne faisoient que parler. » Mais quoiqu'il raconte fort au long et, dans un style aussi brillant que concis tout ce qui se passa alors à Edimbourg et dans toute l'Ecosse, nous sommes obligés, pour ne pas sortir du sujet que nous avons entrepris de traiter, de nous borner à la description de la scène qui eut lieu au château de Falaside, quand on y apprit que Gabriel de Glowr et Rothelan avoient été faits prisonniers avec le roi.

L'épouse du baron, suivant la coutume des dames écossaises de son rang à cette époque, étoit occupée de ses travaux domestiques avec les femmes de sa maison; tandis que celles-ci cardoient la toison des derniers moutons que leur maître avoit enlevés dans la dernière excursion qu'il avoit faite dans les montagnes du Cheviot, elle faisoit tourner majestueusement la grande roue d'un rouet, instrument qui, d'après tout ce que nous ayons lu et entendu dire de son antiquité respectable, doit passer pour un des aïeux de cette famille si nombreuse et si florissante à Glascow, à Manchester, et en tant d'autres endroits, et qu'on y connoît sous le nom de *Jenny* (1).

« Sa manière de filer, dit notre auteur, qui ne perd jamais l'occasion de faire une digression savante, avoit quelque chose de merveilleux qui auroit pu, aux yeux d'un jeune poëte, s'il s'en fût trouvé là pour la voir, la faire passer pour une des trois sœurs qui filent, dévident et coupent le fil de la destinée des hommes.

» D'abord, avec une adresse merveilleuse, elle tenoit entre le pouce et l'index de sa main gauche quelques brins de laine bien cardée qu'elle faisoit descendre progressivement et en égale quantité du haut d'une quenouille; ensuite, donnant de

_____

(1) Nom qu'on donne aux métiers à tisser.

la droite un mouvement gracieux à son
rouet, elle étendoit le bras gauche, le
baissant et l'élevant alternativement en
chantant quelque ballade mélodieuse,
agréablement accompagnée par le ron-
flement sourd du rouet ; tandis que la
bobine, semblable à un serpent qui se
gorge de quelque oiseau dont il fait sa
proie, attirant, comme par un pouvoir de
fascination, le fil qui se formoit sous les
doigts de la dame, s'enfloit à ses dépens. »

Pendant que la besogne journalière
marchoit ainsi sans interruption, Robin
Louper, que son maître avoit laissé comme
concierge du château en son absence, ouvrit la porte tout à coup, et s'écria en
entrant :

— Mauvaises nouvelles ! mauvaises nouvelles !

La dame de Falaside interrompit un
instant les évolutions de sa roue, mais
c'étoit uniquement parce qu'elle avoit be-

soin des deux mains pour écarter quelques
brins de laine qui se pressoient trop de
descendre, et qui auroient donné à son
fil une grosseur démesurée, après quoi
elle imprima de nouveau à la roue un
mouvement de rotation, et reprit son travail avec la même ardeur qu'auparavant.

— Et quelles sont ces nouvelles ? demanda-t-elle pourtant sans lever les yeux,
sans tourner la tête pour regarder Robin,
dont la figure pâle et livide respiroit tellement la consternation, que toutes les
cardeuses avoient tressailli en le voyant
entrer.

— Quelles nouvelles ? répéta-t-il ; que
les chiens d'Anglais ont fait le roi prisonnier, ainsi que le baron et notre jeune
homme ; n'est-ce pas assez ?

Les cardes tombèrent des mains de
toutes les femmes, et elles restèrent toutes
immobiles dans des attitudes qui les auroient rendues dignes de figurer comme

des statues monumentales sur un mau-
solée. La dame de Falaside ne dit pas un
mot; elle venoit de finir sa quenouille;
elle se baissa, prit de la laine dans un
panier qui étoit près d'elle, l'arrangea
avec beaucoup d'art et de soin autour de
la quenouille, et, rendant le mouvement
à la roue, elle reprit son occupation. Cependant, jetant autour d'elle un regard
de surveillance, comme cela lui arrivoit
de temps en temps, elle vit toutes ses
femmes pâles de consternation et ne son-
geant plus à leur ouvrage.

— Eh bien! péronnelles, s'écria-t-elle,
pourquoi ne travaillez-vous pas? croyez-
vous que je puisse ou que je veuille nour-
rir des fainéantes?

Les servantes se remirent à leur ouvrage, mais l'impatience de leur maîtresse
fit qu'elle donna un mouvement trop accé-
léré à la roue, et le fil se rompit. Une
nouvelle interruption s'ensuivit, car le

secours des deux mains lui étoit indis-
pensable pour réparer cet accident.

— Êtes-vous bien sûr de cette nouvelle,
Robin ? dit-elle en renouant ensemble les
deux bouts du fil cassé, et en coupant
avec les dents la portion surperflue qui
restoit sous le nœud.

—Je n'en suis que trop sûr, répondit
Robin Louper; c'est une *vérité* très-véri-
table. Le prévôt d'Edimbourg a reçu une
lettre qui lui annonce cette nouvelle, et
il a écrit......

— Eh bien! nous ne saurions qu'y faire,
dit sa maîtresse convaincue, et c'est une
raison pour travailler de plus belle, péronnelles, car les Anglais nous demande-
ront une forte rançon. Robin, ayez soin de
bien veiller à la porte.

Tel étoit le courage moral que montroit
la Pénélope de Falaside ; mais une pareille
force d'âme étoit au-dessus de son caractère. Sa première pensée, en apprenant

que son mari étoit prisonnier, avoit été
qu'il faudroit, pour obtenir sa liberté,
payer une rançon qui diminueroit consi-
dérablement les épargnes que Gabriel de
Glowr avoit coutume de nommer son corps
de réserve; et une réflexion peu conjugale
qui se présenta ensuite à son esprit, malgré
elle, fut qu'il auroit été plus avantageux
pour sa famille qu'il fût mort honorablement, les armes à la main, sur le champ de
bataille. En conséquence, les combats intérieurs qu'elle se livra pendant plusieurs
jours tendirent à l'exalter dans l'opinion
de tous ceux qui l'entouroient, en lui donnant l'air d'une femme qui luttoit noble-
ment contre le chagrin, ou du moins contre
quelque chose qui y ressembloit si bien
qu'on n'y voyoit aucune différence. En
un mot, on pensa d'elle comme de tant
d'autres femmes en pareille circonstance,
qu'elle montroit toute l'affliction qu'on pouvoit raisonnablement en attendre.

A près avoir passé plusieurs jours dans

l'incertitude et le chagrin, comme nous venons de le décrire, et ayant appris que plusieurs dames des environs, dont les maris étoient également prisonniers, venoient de partir pour l'Angleterre pour traiter de leur rançon, elle crut enfin que son devoir exigeoit qu'elle en fît autant. Elle donna donc ordre à Robin Louper de faire tous les préparatifs de départ, et quand le moment en fut arrivé, elle monta en croupe derrière lui, munie de la bourse qui contenoit les nobles d'or à la rose que son mari avoit reçus de Shébak six ans auparavant, et qui n'avoient pas vu le jour depuis cette époque.

En partant, elle comptoit rejoindre l'armée à York, mais elle y arriva trop tard, parce qu'elle ne prit pas la route la plus droite pour s'y rendre, et qu'elle s'arrêta en chemin. Comme elle s'avançoit vers le sud, elle se rappela qu'étant parente de l'épouse de sir Alberik Redgauntlet, elle lui devoit une visite de condoléance

à cause du funeste événement qui étoit
arrivé quelque temps auparavant dans
sa famille, et elle fit un assez long détour
pour aller chez elle. Les détails de cet événement ont été donnés au public il n'y a
pas long-temps ; mais ils ne sont ni cor-
rects ni exacts, comme nous le démontre-
rons dans le chapitre suivant.

~~~~~~

CHAPITRE XVIII.

REDGAUNTLET.

« Vous êtes philosophe, Horace, et cependant
Vous ne savez pas tout ; c'est un fait évident. »
SHAKSPEARE.

Nos lecteurs doivent avoir remarqué
que, jusqu'à présent, nous nous sommes
abstenus, de la manière la plus exemplaire,
d'entrer dans aucune discussion relativement aux faits historiques qui sont contro-
versés ; et cette discrétion nous a été inspirée par la certitude que nous avons que
notre auteur s'étoit procuré les informations les plus exactes sur tous les faits con-
tenus dans son histoire. En abrégeant la

chronique qu'il a laissée à la postérité, nous n'avons jamais cherché à relever sa grande supériorité sur les historiens qui l'ont précédé, qui l'ont suivi, ou qui ont été ses contemporains, convaincus que la sagacité de nos lecteurs la discernera facilement, et rendra justice à son mérite. Mais il n'est ni juste ni convenable que nous nous imposions cette retenue comme une règle dont nous ne devions nous départir en aucune circonstance ; ce seroit oublier notre respect scrupuleux pour les vérités historiques, et commettre une souveraine injustice. Nous nous reprocherions surtout de garder le silence dans un moment où nous avons sous les yeux une faute contre la vérité dans les pages illustres du GRAND INCONNU (1). Nous voulons parler ici du passage de REDGAUNTLET où il rend compte d'une manière très-erronée, sous tous les

---

(1) Sir Walter Scott, auteur anonyme de Waverley, Rob-Roy, Ivanhoé, etc.

rapports, de ce qui concerne la marque
de fer à cheval qui distingue le front de
tous les guerriers de cette famille de fidèles
royalistes.

Il ne paroît y avoir aucune raison pour
douter de l'exactitude de ce que rapporte
M. Herries, quand il dit « qu'un des pieds
de derrière du coursier de sir Alberick
frappa au front son fils renversé, pendant
qu'il poursuivoit Baliol, et que le coup fut
mortel. » Mais, dans tout le reste, le
LIVRE GOTHIQUE D'ABBOTSFORD,
dans lequel M. Herries paroît avoir puisé
ses informations, ne mérite aucune confiance. Nous le disons d'autant plus hardiment, que la dame de Falaside étoit sœur
utérine de Margery Redgauntlet, femme
de sir Alberick, et par conséquent devoit
connoître parfaitement toutes les circonstances de ce malheureux événement. Or
cette dame est l'autorité que cite l'auteur
du LIVRE DE BEAUTÉ à l'appui de la ver-
sion qu'il donne de cette catastrophe, et,

d'après la relation qu'elle lui en fit, la marque
du fer à cheval ne fut pas un effet instan-
tané que produisit sur elle la nouvelle de
la mort de son fils, mais la suite mystérieuse de longues et douloureuses réflexions.

Notre auteur est d'accord avec M. Herries en ce qui concerne l'état dans lequel
se trouva dame Margery, quand elle apprit
que le pied du cheval de son mari avoit
brisé la tête de son fils ; mais il ne dit pas
« qu'elle fut saisie des douleurs de l'enfan-
tement avant le terme fixé par la nature ;
qu'elle mourut en donnant le jour à un fils,
et qu'on voyoit distinctement sur le front
du nouveau-né la forme d'un fer à cheval. »
Au contraire, il dit positivement qu'elle
n'accoucha qu'à l'expiration du terme ordinaire, et qu'elle étoit à peine dans le cin-
quième mois de sa grossesse quand ce
malheur affreux arriva. Il décrit alors, de
la manière la plus pathétique, le choc que
lui fit éprouver cette catastrophe, et ajouta

que, pendant tout le temps qui s'écoula
depuis ce moment jusqu'à la naissance de
son fils, elle ne put penser qu'au genre de
mort terrible de celui qu'elle avoit perdu,
ayant toujours devant les yeux le pied d'un
cheval armé d'un fer meurtrier, brisant
le front de l'objet de son affection et de ses
regrets; sujet terrible de réflexions qui, à
ce que pensa la sage-femme, imprima à la
longue ce signe mystérieux sur le front de
l'enfant auquel elle devoit donner le jour;
et, dans le fait, quiconque a jamais fait
quelque attention aux effets des sympathies
occultes doit convenir que la marque singulière dont parle M. Herries ne peut avoir
été subitement produite, comme il l'assure
gravement, au moment même de l'accou-
chement, mais doit avoir été la suite d'un
travail lent et mystérieux de la nature.

Sans contredit, les opinions varient à ce
sujet parmi les professeurs d'anatomie et
de médecine, quelques-uns prétendant qu'il
est impossible que les pensées de la mère

aient quelque influence sur les formes ex-
térieures de l'enfant, parce que les anato-
mistes ont découvert que leurs nerfs ne sont
pas en contact. Mais, comme le dit notre
auteur, cette raison ne seroit concluante
qu'autant qu'on pourroit démontrer que les
nerfs servent de conducteurs aux pensées,
et que les pensées sont les moyens qui
servent à produire de pareils signes, ce
qui reste encore à prouver. Il paroît même
disposé à nier le fait que la marque du fer
à cheval ait été particulière à la race de
Redgauntlet, quoiqu'il convienne que la
dame de Falaside lui ait dit qu'elle l'avoit
vue elle-même sur le front de l'enfant
nouveau-né. « Je ne vois là ni merveille,
ni miracle, dit-il à ce sujet; je n'y trouve
que superstition et crédulité; car on voit
à peu près une pareille marque sur le front
de tous les hommes à cheveux roux. »

Nous pouvons aussi corriger une erreur
encore plus importante qui se trouve dans
la relation de M. Herries; il paroît qu'il

II. 9

n'est pas vrai que sir Alberik eût perdu
la vie, comme il le dit, dans la bataille de
Durham, qui est la même qu'on appelle aussi
la bataille de Neville's-Cross. Au contraire,
notre auteur nous dit que lorsque la
dame de Falaside, montée en croupe derrière Robin Louper, eut traversé en se
rendant à Londres la rivière qui passe à
Durham, elle vit le vieux chevalier assis
à la porte d'une ferme. Il avoit été dange-
reusement blessé dans la mêlée, en combattant courageusement à côté de son roi, et
étoit resté parmi les morts, sur le champ de
bataille. Mais il y avoit été trouvé respirant
encore le lendemain matin, et un bon fermier l'ayant transporté chez lui, lui avoit
fait donner tous les secours qu'exigeoit sa
situation. Notre auteur ajoute que la dame
de Falaside lui parla, et lui témoigna la
compassion que lui inspiroit l'état où elle le
voyoit. Il étoit pâle, foible et maigre, suite
inévitable de sa blessure, mais évidemment
en convalescence. Au moment où elle

le vit, il jouissoit d'un reste de chaleur produite par le soleil couchant, dont les derniers rayons tombant sur le sommet des clochers de Durham, qu'on voyoit dans le lointain, sembloient les orner d'une étoile d'or. Une vapeur légère remplissoit l'atmosphère, et tous les alentours respiroient le repos et la tranquillité. Un jeune paysan, fils du fermier, s'occupoit à fourbir l'armure du chevalier, dont les différentes pièces ternies et bossuées étoient éparses sur le gazon.

Mais, comme nous avons toujours dans cette narration marché d'un pas ferme et droit à notre but, nous ne jugeons pas devoir nous en écarter en donnant plus d'étendue à cet épisode. Nous nous bornerons à dire que la dame de Falaside, en quittant le chevalier, lui recommanda de ne pas trop parler de son rang et de sa fortune, de crainte que son hôte ne lui demandât une rançon exorbitante.

Lorsqu'elle eut fait ses adieux, Robin

Louper toucha de l'éperon les flancs de son gros cheval, et ils partirent au grand trot. La route étoit mauvaise, et le coursier avoit le trot fort dur, de sorte qu'en arrivant à l'auberge où ils devoient passer la nuit, la dame se trouva tellement fatiguée et échauffée, et elle souffroit tellement de certaines écorchures occasionées par l'allure peu douce de sa monture, qu'elle fut obligée de se reposer toute la journée suivante.

Dans la soirée ses douleurs se calmèrent, et le repos d'une seconde nuit les dissipa entièrement. Elle se remit en route pour Londres ; et, pendant qu'elle s'y rend, nous allons rendre compte à nos lecteurs de ce qui s'étoit passé dans cette ville, après le départ subit de Rothelan pour Calais.

CHAPITRE XIX.

PRESSENTIMENS FACHEUX.

« Est-ce une illusion,
Ou les pressentimens auxquels l'es it se livre?
Sont-ils un avis sûr de ce qui doit les suivre?
Joanna Baillie.

Lors qu'Adonijah eut presque forcé Rothelan à partir, comme nous l'avons vu précédemment, il alla retrouver lady Albertina, et la pressa plus fortement que jamais, et même avec une sorte d'impatience, de se rendre sur-le-champ avec lui chez l'évêque de Winchester, qui étoit alors premier ministre. Notre auteur n'entre pas dans le

détail de ce qui se passa dans l'entrevue qu'ils eurent avec ce prélat ; il dit
seulement que le Juif lui rappela la visite
qu'ils lui avoient rendue quelques années
auparavant, et l'écrin de bijoux qu'ils
lui avoient laissé à cette époque, afin
qu'il en pût faire usage dans l'interrogatoire qu'il avoit promis de faire subir à
sir Amias de Crosby. Il paroît pourtant,
par la suite de l'histoire, qu'il l'informa
aussi de ce qui étoit arrivé à Rothelan
depuis ce temps, et des nouvelles inquiétudes que leur causoit l'importance que
le baronnet sembloit attacher à la circonstance que le jeune homme avoit été fait
prisonnier en combattant dans les rangs
des Écossais.

En cette occasion l'évêque agit avec
beaucoup plus de promptitude que la première fois, soit parce qu'il se reprochoit
d'avoir négligé cette affaire, soit plutôt
parce qu'il avoit alors moins d'occupations;
car les actions des hommes publics, comme

des particuliers, sont plus souvent déter-
minées par les engagmens qu'ils ont pris
que par leur propre volonté. Quoi qu'il en
soit, il manda sur-le-champ sir Amias en
sa présence.

Le baronnet fut un peu surpris de
recevoir cet ordre, et un pressentiment
secret l'avertissant du motif qui le lui avoit
fait donner, il étoit tenté d'imaginer
quelque prétexte pour se dispenser d'y
obéir. Mais Ralph Hanslap, qui étoit
présent quand il l'avoit reçu, le pressa de
se rendre sur-le-champ devant le prélat.

— Vous n'avez pas d'autre alternative,
lui dit-il, n'importe ce qu'il a à vous
dire. Qu'avez-vous à craindre d'ailleurs?
N'est-il pas vrai que votre neveu a porté
les armes pour les Ecossais? N'a-t-il pas
reconnu lui-même qu'il étoit coupable, en
prenant la fuite? Partez, et sachons à
quoi nous devons nous attendre.

—Il est possible , dit sir Amias en hésitant, qu'il me mande pour une affaire toute différente.

—Oui, possible.

— Mais si c'étoit pour cette malheureuse affaire?

— Vous l'apprendriez, et cela vaut mieux que de rester dans l'ignorance.

— Je ne puis m'imaginer de quelle autre chose il pourroit avoir à me parler.

— Ni moi, mais allez le voir et nous le saurons.

— Il est bien singulier qu'après tout ce qui nous est arrivé d'étrange aujourd'hui, il m'envoie chercher si subitement, d'une manière si inexplicable.

— Un malheur ne vient jamais seul, dit Hanslap, en le regardant fixement les sourcils froncés; si c'en est un nouveau, il faut bien que nous le sachions, et le plus tôt sera le mieux.

— Vous croyez donc que c'en est un

nouveau, Hanslap, que cette affaire peut devenir dangereuse?

— Je ne fais que le craindre; tout a tourné contre nous aujourd'hui; on diroit que le jour du grand compte est arrivé.

— C'est la vérité. Que je suis misérable!

— C'est ce que je pensois, dit Hanslap avec un sourire sardonique; mais rester ici ne vous avancera en rien. Si l'évêque est instruit de quelque chose qui concerne vos intérêts, c'est de sa part une attention amicale que de vouloir vous en parler lui-même. Je vous conseille donc de ne pas perdre de temps.

— C'est sans doute ce que vous présumez. Pourquoi aucun des membres du gouvernement seroit-il dans des dispositions défavorables à mon égard? N'ai-je pas donné des preuves de ma loyauté dans toutes ces guerres en fournissant de l'argent et des soldats levés parmi mes vassaux ? J'ai fait plus que mes fiefs ne m'y obligeoient, et je m'y suis décidé d'autant plus volontiers , que je sentois......

— Que vous sentiez quoi ? demanda Hanslap , le baronnet s'étant arrêté parce qu'il ne savoit comment finir sa phrase.

S'il existoit quelque chose qui pût tirer Ralph Hanslap de son impassibilité ordinaire , c'étoit la curiosité ; et rien au monde ne l'excitoit davantage en lui que le caractère tortueux de son maître. Le mouvement qui l'éveilloit en ce moment exerçoit sur lui une influence si constante, que notre auteur assure que c'étoit la source, l'élément et la vie de sa fidélité et de son dévouement. Dans toutes les occasions, comme dans celle dont il s'agit, il se livroit à cette curiosité sans s'inquiéter si elle faisoit une blessure dans le cœur de celui qui attisoit en lui cette passion favorite; et il trouvoit même une étrange jouissance dans la vue de l'humeur et du chagrin que faisoient naître ses remarques et ses questions.

— Et quel est le motif qui vous a fait fournir au gouvernement plus que vous n'y étiez obligé? C'est une chose rare; et, si on l'a remarquée, l'évêque de Winchester, comme chancelier du royaume, veut peut-être vous en demander la cause; il se peut que ce soit pour cela qu'il vous demande. Allez donc le voir ; je vous conseille d'y aller.

— Non, il ne me fera aucune question à ce sujet; mais, s'il m'en faisoit, n'ai-je pas une réponse toute prête dans ma loyauté, vu que je n'ai pas la force de corps nécessaire pour rendre au roi des services personnels, et le suivre moi-même dans ses campagnes.

— Mais ce n'est pas à cause de votre mauvaise santé que vous avez fait pour lui plus que vous n'étiez tenu de faire. Vous ne m'en avez jamais dit un mot;

vous venez de dire que c'étoit parce que
vous sentiez...... quoi ?

Sir Amias ne répondit rien, et se détourna brusquement; il étoit mécontent
d'être mis à la question de cette manière,
et disposé à montrer qu'il le trouvoit
mauvais; cependant quelques motifs encore plus puissans le déterminèrent à ren-
fermer en lui-même son humeur; et,
après une ou deux minutes de silence,
il dit enfin :

—Eh bien! je vais y aller; mais je ne
sais quoi m'assure qu'il n'en résultera aucun bien.

—Je le pense de même.

—Et pourquoi donc me conseillez-vous
d'y aller ?

— Parce que je ne vois pas de quel
avantage il vous seroit de vous y refuser;
l'ordre que vous avez reçu fait partie de
la fortune du jour. Sans être astrologue,
on peut voir aisément que les astres, dans

leur cours et leurs conjonctions, combattent aujourd'hui contre nous.

Le baronnet fut surpris de cette remarque, et ses traits se couvrirent d'une pâleur qui ne fut pourtant que momentanée.

— Vous devenez superstitieux, Hanslap, dit-il en s'efforçant de sourire, que vous est-il donc arrivé ?

— Je voudrois que la journée fût terminée, répondit Hanslap, sans qu'un seul muscle de sa physionomie de bronze fût ébranlé.

— Que dites-vous ?

— Que je voudrois que la journée fût terminée.

— Et quand elle le seroit ?

— Nous saurions ce que le chancelier du roi a à vous dire, et pourquoi il demande à vous voir d'une manière si positive.

— L'ordre étoit-il donc si positif ?

Croyez-vous qu'il ait appris quelque chose de cette histoire?

— De quelle histoire?

— N'affectez pas ainsi de ne pas me comprendre, Hanslap; vous me comprenez fort bien; mais mon indécision vous autorise à prendre cette liberté. Oui, je vais y aller. Quelle que puisse être l'affaire dont il s'agit, je ne puis m'en dispenser. Je voudrois que nous eussions été tous deux en France quand cet ordre est arrivé. Tout conspire aujourd'hui contre nous.

— C'est ce que je disois, répliqua Hanslap avec l'air cynique qui lui étoit habituel.

Sir Amias mouroit d'envie de se mettre en colère, et de lui imposer silence sur un sujet qui lui étoit si désagréable; mais il se contint, et s'avança vers la porte de la chambre dans laquelle cette conversation avoit lieu, dans l'intention d'obéir aux ordres qu'il avoit reçus, et de se rendre

sur-le-champ chez l'évêque de Winchester ; mais Ralph Hanslap, sans bouger de
la place où il étoit, lui dit d'un ton très-
sérieux :

— Sir Amias !

— Eh bien ! de quoi s'agit-il ? qu'avez-
vous à dire ?

— Rien, si ce n'est que s'il survenoit
quelque chose qui vous déplût, vous
pourriez peut-être m'en avertir par quelque signe, afin que je me tienne à l'écart.
Mon absence peut en ce moment être le
meilleur service que vous ayez à attendre
de moi. Vous n'avez pas besoin de grands
efforts de génie ; je vous assure que je vous
comprendrai à demi-mot.

— Nous n'en sommes pas encore là,
répondit sèchement le baronnet ; mais la
demande de son ancien confident lui causa
un redoublement d'agitation, car il lui
sembla qu'elle lui faisoit perdre son appui
le plus solide. Cependant il ajouta : — Si

vous êtes si alarmé, Hanslap , je vous en-
gage à pourvoir d'avance à votre sûreté ;
mais, en mettant les choses au pire, tout
ce qui peut arriver, c'est, ce que j'ai désiré
depuis bien des années , la preuve du ma-
riade de lady Albertina , et du moment
que cette preuve sera claire et irrécusable ,
je suis prêt à lui remettre , ainsi qu'à son
fils , tout ce qui leur appartient. Mais nous
perdons le temps en causant ainsi. Adieu,
Hanslap.

A ces mots, il sortit de l'appartement ,
laissant son confident, malgré la fermeté
de ses nerfs et l'impassibilité de sa physionomie , dans une grande perplexité, et
balançant entre la crainte et la curiosité ;
car il ne savoit s'il devoit quitter le théâtre,
ou rester pour voir quelle seroit la fin d'un
drame dans l'intrigue duquel il avoit joué
un des principaux rôles.

CHAPITRE XX.

PRÉSAGES.

« Une obscurité soudaine
A voilé le firmament ;
Les vents retiennent leur haleine,
Les feuilles sont sans mouvement ;
Sans murmurer ce ruisseau dans la plaine
Roule ses eaux plus lentement ;
Des oiseaux le doux ramage
N'anime plus les bosquets ,
Et le silence et la paix
Régnent sur le paysage.
On diroit qu'un prophète à l'homme criminel
Va d'un ton foudroyant parler au nom du ciel.»

CAPEL.

Au milieu des événemens variés qui composent la vie de l'homme , il y a des temps et des époques où l'esprit découvre une similitude mystérieuse entre l'appa-

9*

rence extérieure des objets que lui présente
la nature et l'aspect de sa propre destinée.
Notre auteur commence le chapitre de son
histoire, dont celui-ci est un extrait, par
quelques réflexions fort curieuses sur ces
augures et ces présages, et il remarque que
ces prophéties silencieuses, qui ne con-
cernent que l'individu qui les fait lui-même,
se présentent surtout à l'esprit pendant le
printemps et l'automne, et que les pressentimens qui agitent ainsi le cœur mani-
festent souvent leur influence solennelle
dans le crépuscule du soir, ou dans l'instant qui précède les premiers rayons du
matin.

« On a souvent observé, dit-il, car nous
aimons à citer de temps en temps ses propres
discours, en nous permettant seulement
de rajeunir un peu son style, qu'il règne
une étrange harmonie entre les pressentimens auxquels nous nous livrons et les
circonstances qui leur ouvrent l'entrée de
notre cœur; et il y a des personnes qui

pourroient dire, d'après l'instant auquel leur esprit a discerné le présage, combien de temps de leur vie se passera dans les ténèbres ou dans la lumière.

» S'il arrive que cette espèce de vision prophétique ait lieu quand on se promène de bonne heure dans les champs, dans cette délectable saison de l'année où tous les arbres se parent de fleurs, où l'air est parfumé par l'aubépine, alors il se livrera à de joyeuses espérances, et verra dans le lointain une brillante image de prospérité, comme la vue d'un beau clocher qu'on aperçoit au bout d'une longue percée pratiquée dans un bois. Au contraire, si elle se présente à la chute du jour, et à l'époque où les arbres ne sont plus couverts que des jaunes débris de leur verte parure, et n'offrent aux yeux que quelques fruits desséchés et flétris dont la faim seule contraint les oiseaux à se repaître, alors il se sentira assuré de voir tomber sur lui les soucis, descendant du nuage de l'adversité. »

Il ne faut pourtant pas en conclure que l'esprit ne se livre à de tels présages que dans les champs; du moins il en fut tout autrement à l'égard de sir Amias de Crosby, qui en fit l'expérience en se rendant chez l'évêque de Winchester; et, dans le fait, nous n'avons rapporté les réflexions qui précèdent que pour servir d'introduction et de prélude.

La conversation peu concluante qu'il avoit eue avec Ralph Hanslap, et dont nous avons fait part à nos lecteurs dans le chapitre précédent, s'étoit prolongée presque jusqu'à la nuit. Le soleil étoit couché quand il sortit de sa maison pour se rendre chez l'évêque; mais la distance n'étoit pas considérable, car ce prélat demeuroit dans la Cité de Londres.

Soit par distraction, soit plutôt pour avoir le temps de préparer son esprit à une entrevue qu'il redoutoit, parce qu'il en ignoroit le motif et qu'il ne pouvoit en

prévoir le résultat, au lieu de prendre le
plus court chemin en descendant la rue,
il remonta Bishopsgate, sortit de la ville,
en côtoya les murs, et y rentra par une
petite poterne qui, bien des années après,
fut embellie et agrandie, et devint célèbre comme conduisant à Moorfields.

Pendant cette courte excursion, il ren-
contra plusieurs troupes d'apprentis de la
Cité, qui s'amusoient à jouer aux quilles
et à d'autres jeux d'adresse ou de hasard,
se querellant de temps en temps, suivant
que les chances étoient favorables ou con-
traires. Les murailles de la ville, s'éten-
dant à sa gauche, n'offroient qu'une longue
ligne sombre et noire, quoique avec quelque teinte de beauté pittoresque, surtout
dans les endroits où la lumière jaune du
soir frappoit sur les angles des tours, ou
pénétroit à travers les embrasures des
meurtrières, de quelques-unes desquelles
on voyoit sortir de longues perches sur
lesquelles étoit étendu du linge que de

bonnes ménagères faisoient sécher. Sur le
haut des murailles on voyoit des groupes
de dames de la Cité qui se promenoient
pour respirer l'air frais du soir. La lance
du garde de la ville, qui étoit en faction
sur le haut de la porte d'Aldersgate, bril-
loit comme un météore, tandis qu'il marchoit et tournoit à chaque instant sur le
court espace qu'il avoit à parcourir, ou qu'il
s'arrêtoit pour considérer, par dessus le parapet, les petits incidens qui pouvoient
arriver parmi les passans.

L'air étoit doux, la soirée tranquille;
et le bruit tumultueux de la Cité, dimi-
nuant de temps en temps, annonçoit la
fin des travaux de la journée ; ce qui,
pour un esprit qui n'est pas troublé par
la lutte de bons ou de mauvais projets, et
même pour le cœur harassé de soucis et
de chagrins, procure quelquefois un calme
plus doux et plus complet que les sons
champêtres du bêlement des moutons et
du mugissement des bestiaux qui revien-

nent des pâturages, accompagnés du ba-
vardage des commères du village qui quit-
tent les travaux des champs, et des accens
de coquetterie de la laitière vermeille qui
vient de traire les vaches, et qu'un vigou-
reux garçon de charrue aide à porter ses
seaux.

Mais les événemens de la journée n'a-
voient pas mis l'esprit de sir Amias de
Crosby à l'unisson avec la mélodie des
passe-temps et de la tranquillité du soir. Il
marchoit les sourcils froncés, les yeux baissés ; ses oreilles n'étoient ouvertes qu'aux
voix discordantes des joueurs qui se que-
relloient ; il n'entendoit que le bruit des
disputes, et ne voyoit que les figures me-
naçantes de ceux qui sembloient vouloir
appuyer sur la force leurs prétentions justes ou injustes.

Son esprit fut pendant quelque temps
tellement occupé des réflexions pénibles

auxquelles il se livroit, que rien de ce qu'il voyoit et de ce qu'il entendoit ne fit sur lui une impression particulière jusqu'à ce qu'il fût arrivé à peu de distance de la poterne par laquelle il comptoit rentrer dans la ville. Là, après avoir passé près d'un groupe de quatre à cinq ouvriers mal vêtus et mal propres, il entendit quelqu'un disant derrière lui à voix basse, mais avec emphase : — N'allez pas plus loin ; vous êtes découvert. Il se retourna en tressaillant, et vit un jeune homme de mauvaise mine, à figure repoussante, mais ayant l'œil vif, et dont les haillons sembloient déchirés dans quelques querelles, plutôt qu'usés par le temps; il parloit à un de ses compagnons paroissant plus jeune que lui, et dont l'air, la figure et le costume, annonçoient qu'il n'étoit pas encore tout-à-fait aussi dépravé; ils venoient de jouer aux dés en société contre d'autres artisans, et probablement ils leur avoient joué quelque tour de leur métier.

Cet incident n'étoit rien en lui-même,
mais le peu de mots qui venoient de retentir aux oreilles du baronnet étoient
malheureusement en accord parfait avec
les idées qui l'occupoient alors ; il remarqua d'ailleurs dans la figure du plus âgé
de ces deux misérables une expression
qui lui rappela l'air froid, tranquille et
imperturbable de Ralph Hanslap, circonstance qui le frappa d'autant plus
vivement, que ce confident, si fidèle
jusqu'alors, venoit de lui manifester si
inopinément une sorte d'intention de l'a-
bandonner.

Poussé par une force irrésistible à se
faire l'application de l'avis qu'il venoit
d'entendre, quoiqu'il ne lui fût pas des-
tiné, sir Amias, tout en y refléchissant,
continuoit à s'avancer vers la poterne,
quand un enfant en guenilles se précipita
sur lui, en fuyant une femme qui le poursuivoit une quenouille à la main; l'enfant
se réfugia derrière le baronnet, et sir

II. 10

Amias arrêta le bras de la femme cour-
roucée qui vouloit battre le jeune fugitif.

— Que la malédiction de la veuve
tombe sur vous, s'écria-t-elle avec fureur,
pour protéger ainsi celui qui vole le pain
de l'orphelin !

Sir Amias, en entendant ces paroles,
frémit comme s'il eût marché sur un
serpent ; tous ses membres tremblèrent ;
ses dents claquèrent les unes contre les
autres ; tout son corps fut agité de con-
vulsions, et ses souffrances internes devinrent d'autant plus vives, qu'il faisoit
plus d'efforts pour résister à ses alarmes.
Sans jeter un seul regard ni sur la femme
ni sur l'enfant, il doubla le pas pour
s'éloigner d'eux, et il venoit de passer
sous la poterne quand il fut arrêté par
une cohue de populace qui suivoit un
cadavre qu'on portoit sur une civière,
sans cercueil, sans linceul, uniquement

couvert d'un mauvais drap teint de sang en plusieurs endroits ; un bras du défunt tomboit hors de la civière, et sa main étoit également ensanglantée.

— C'est le corps d'un suicide, dit un ouvrier à sir Amias, qui regardoit cette scène avec un degré extraordinaire d'horreur et d'intérêt.

— Et pourquoi s'est-il tué ? demanda un curieux qui arrivoit.

— Pour se punir des crimes qu'il avoit commis, répondit le même ouvrier. On va l'enterrer dans un carrefour hors de la ville.

— Voyez, dit un autre à sir Amias, voilà le couteau avec lequel il s'est coupé le cou. Aimeriez-vous à essayer sur le vôtre si la lame en est bien affilée ?

Le baronnet s'éloigna avec autant d'horreur que de dégoût de l'ouvrier qui lui parloit si familièrement, et, traversant la foule, il se rendit à la hâte chez l'évêque de Winchester, à la porte duquel il arriva sans avoir tourné la tête une seule fois, et ayant presque oublié le motif qui l'y amenoit.

CHAPITRE XXI.

CHUTE DES FEUILLES.

« Tel est l'état du cœur que le remords tourmente ;
La terre lui déplaît, et le ciel n'en veut pas ;
En haut, l'obscurité l'étonne et l'épouvante ;
En bas, le désespoir s'attache à tous ses pas ;
Il nage environné d'un océan de flamme ,
Et l'implacable mort règne déjà dans l'âme. »

Le Giaour. LORD BYRON.

L'ÉVÊQUE étoit assis à l'extrémité de son salon , près de la fenêtre , quand on lui annonça l'arrivée de sir Amias de Crosby. Il étoit assis devant une table sur laquelle étoient placés plusieurs missels curieux qu'il examinoit , et l'écrin dont nous avons déjà eu occasion de parler si

souvent. Lorsqu'on lui dit que le baronnet
étoit arrivé, il couvrit l'écrin d'un missel,
et plaça les autres tout autour, dans une
apparence de désordre, de manière à le
dérober à la vue; il ordonna en même
temps qu'on plaçât des lumières sur la
table, et qu'on fît entrer sir Amias.

— Je vous demande pardon de vous
avoir donné la peine de venir ici à une
pareille heure, sir Amias de Crosby, lui
dit le prudent et adroit prélat en se levant
pour le recevoir; mais ce n'est que dans
la soirée que j'ai quelques instans de loisir,
et ce que j'ai à vous dire n'étoit pas assez
important pour y consacrer le temps qui
doit être réservé pour des affaires plus
graves.

Sir Amias connoissoit assez le monde
pour que l'urbanité de cet accueil ne le
mît pas hors de garde. Il ne répondit
qu'en saluant respectueusement; et, le
prélat lui ayant fait signe de s'asseoir en

se rasseyant lui-même, il prit une chaise de l'autre côté de la table.

— En examinant les pièces d'un procès qui est pendant à la cour de la chancellerie depuis bien des années, dit l'évêque, j'ai vu que feu votre frère, lord Edmond, baron de Rothelan, au bien duquel vous avez succédé lors de sa mort, avoit signé divers actes avec une femme italienne, et je voudrois avoir de vous quelques détails à ce sujet, l'affaire en question touchant l'honneur de votre maison.

Malgré l'obscurité de ce discours vague, il s'y trouvoit quelque chose qui ne plut pas à sir Amias; il répondit pourtant, et avec vérité qu'il n'avoit jamais entendu parler de l'affaire dont l'évêque lui parloit.

— Il est vrai, dit-il, que mon frère étoit fort attaché à une dame italienne; et je crois même qu'il l'auroit épousée s'il n'avoit perdu la vie en combattant pour son roi.

— C'est sans doute elle que cette affaire concerne dit l'évêque ; sait-on où elle réside à présent ?

— Elle est à Londres, répondit le baronnet avec quelque trouble ; et, craignant de se rendre suspect, s'il avoit l'air de vouloir cacher quelque chose au prélat, il ajouta : — Je l'ai vu aujourd'hui, mais elle elle a conçu d'étranges préventions contre moi.

— Je n'ai pas dessein, dit l'évêque d'un ton calme, mais mêlé de réserve et de froideur, de vous faire aucune question sur vos affaires domestiques, sir Amias ; je désire seulement m'assurer si la dame dont vous parlez est la même que celle que j'ai en vue. Quel est son nom ?

Albertina ; elle appartient à la famille Ferragio, une des plus nobles de Florence, à ce que j'ai entendu dire.

— C'est le même nom, et il faut que ce soit la même dame. Comment se fait-il qu'elle soit en Angleterre; qu'elle ne soit pas retournée dans sa famille, dans son pays? Je me souviens d'avoir entendu dire, sir Amias, qu'à la mort de votre frère vous avez agi avec une générosité sans égale envers sa maîtresse. Etoit-ce cette même dame?

— Elle-même, répondit le baronnet, dont les inquiétudes commencèrent à se calmer en entendant le prélat faire ainsi l'éloge de sa conduite; et j'en aurois fait encore davantage, si elle n'avoit pas porté ses prétentions jusqu'à vouloir que je reconnusse son fils pour héritier légitime de mon frère.

— Son fils! Elle n'étoit pas mariée, et elle avoit un fils! Si c'est une femme de cette espèce, sir Amias, je ne suis pas surpris que vous n'ayez pas trouvé en elle la reconnoissance que vous en attendiez.

— Si elle eût été son épouse, dit le

baronnet, enchanté du ton de cordialité apparente de l'évêque, il y a long-temps qu'elle auroit fait venir de Florence des témoins de son mariage.

— Et puisqu'elle ne l'a pas fait, c'est une forte présomption contre elle, ajouta l'evêque. D'ailleurs il semble que sa famille ne peut l'avoir négligée et abandonnée si long-temps, sans avoir eu quelques bonnes raisons pour agir ainsi.

Le ton et les discours du prélat calmoient insensiblement l'agitation du baronnet. C'étoit l'huile qu'on jette sur les vagues pour en apaiser la fureur. Les inquiétudes dont il avoit été déchiré se dissipèrent peu à peu ; la tranquillité revint dans son esprit ; il reprit toute son aisance, et il continua la conversation avec une satisfaction intérieure qu'il croyoit que rien ne pouvoit plus troubler.

— Mais qu'est devenu cet enfant ? Je crois que vous m'avez dit que c'étoit un fils ?

— Je n'en ai entendu parler que fort peu pendant bien des années. Pendant la confusion d'un feu qui prit à ma maison, l'enfant fut emporté probablement par quelque personne qui vouloit le mettre hors de danger ; la mère m'accusa de l'avoir fait enlever, disparut de chez moi, et depuis ce temps je ne sais trop ce qu'ils sont devenus, ni comment ils ont vécu.

L'évêque, en ce moment, prit, comme par distraction, le missel qui couvroit l'écrin, et plaçant un doigt entre les feuilles, il dit au baronnet : — Mais comment se fait-il que vous ayez vu cette dame aujourd'hui, après une si longue absence ?

Sir Amias ne répondit rien. Ses yeux étoient fascinés par la vue de l'écrin, qu'il reconnut sur-le-champ. C'étoit bien celui qu'il avoit fait dérober à lady Albertina, pendant la maladie qu'elle avoit faite après l'enlèvement de son fils ; celui qu'il avoit ensuite vendu lui-même à Adonijah.

— Connoissez-vous cet écrin? lui demanda le prélat. A en juger par les ar-
moiries gravées sur le couvercle, il a dû
appartenir à votre frère, ou je suis bien
trompé. Il m'est tombé entre les mains
d'une manière fort singulière.

Sir Amias leva les yeux un instant sur
l'évêque, les baissa aussitôt, et ne put prononcer un seul mot : il lui sembloit que
des éclairs brilloient autour de lui, et que
la terre trembloit sous ses pieds.

Le prélat n'eut pas l'air de s'apercevoir
de son émotion, et continua d'un ton
ferme, qui alloit presque jusqu'à la sé-
vérité :

— Un Juif, dit-il, m'apporta cet écrin,
il y a plus de six ans, lorsque le roi partit
de Londres pour marcher contre les Ecossais, après le sac de Durham. Je ne doute
pas que vous ne vous rappeliez parfaitement cette époque, sir Amias ; car le
même jour qu'Adonijah me confia ces

bijoux, dans une intention que vous comprenez sans doute, vous fîtes vous-même entrer un jeune homme de fort bonne mine au service de lord Mowbray en qualité de page; et ce jeune homme étoit le fils de votre frère.

— Ce fut à la sollicitation de ce Juif, dit sir Amias, cherchant à rappeler son courage, que je le présentai à lord Mowbray; mais j'ignorois alors qu'il fût le fils de lady Albertina.

— Je vous crois en cela, sir Amias; mais vous découvrîtes bientôt la vérité, n'importe par quels moyens. Or, maintenant, Monsieur, je vous demande de m'informer de ce qu'est devenu ce jeune homme?

— Je n'étois pas avec lui, Milord. Je crois que lord Mowbray doit pouvoir répondre à cette question mieux que je ne puis le faire.

L'évêque, le voyant déterminé à payer

d'effronterie et d'audace, fixa les yeux sur lui d'un air de compassion, et dit en même temps d'un ton ferme :

— Sir Amias de Crosby, j'ai pénétré dans ce mystère plus avant que vos craintes ne vous l'ont fait soupçonner. Votre rang, votre naissance, votre réputation, qui n'est pas encore flétrie, me font désirer de vous épargner la publicité de la honte qui doit vous couvrir. Il est encore en votre pouvoir d'épargner à votre nom une tache ignominieuse, et je ne vous ai mandé devant moi que pour vous donner à ce sujet un conseil salutaire. Hâtez-vous d'en profiter; car, si vous ne faites une juste réparation de votre injustice, si vous ne la faites sur-le-champ, je regarderai comme un devoir de faire connoître au roi la cruelle persécution dont vous vous êtes rendu coupable. Je ne vous demande pas d'aveu; le peu que vous m'avez dit suffit pour me convaincre que vous n'ignorez pas que cette malheureuse dame étoit épouse

de votre frère, et que son fils est héritier
légitime des honneurs et des domaines
que vous avez usurpés. Faites-en donc la
prompte restitution, ou soyez assuré que
j'emploierai sans délai toute mon autorité,
tout mon crédit, tous les moyens que me
donnent les lois, pour faire rendre à votre
belle-sœur et à votre neveu la justice que
vous leur refusez.

Ce discours humiliant courrouça le baronnet plus qu'il ne le déconcerta, et il
répondit avec l'accent de la colère :

— Quoi qu'on ait pu vous dire, Milord,
et quoi qu'il vous plaise de croire, il est
de fait que ce bâtard a été pris les armes à
la main, combattant dans les rangs de l'armée écossaise, et qu'il a été amené à Londres
aujourd'hui avec les autres prisonniers.

— Je n'ai rien de plus à vous dire en ce
moment, dit le prélat d'un ton calme, mais
avec un sourire méprisant ; je n'ajouterai

qu'un seul mot, sir Amias : — Vous êtes découvert.

Ce fut un coup de tonnerre qui porta la terreur dans la conscience coupable du baronnet. C'étoient les mêmes mots qu'il venoit d'entendre prononcer quelques instans auparavant, et dont il s'étoit fait involontairement l'application. Peut-être pourtant auroit-il encore fait face à l'orage, si le digne et vertueux ministre, voyant l'effet que ses paroles venoient de produire, n'eût ajouté :

— La malédiction de la veuve monte toujours jusqu'au ciel, et le pain dérobé à l'orphelin ne profite jamais au ravisseur qui en fait sa nourriture.

A ces mots, qui lui rappelèrent encore ceux qu'une vieille femme lui avoit adressés près de la poterne, les joues du baronnet perdirent toutes leurs couleurs ; ses lèvres devinrent livides et ses yeux égarés. Il fit un effort pour parler, mais sa langue sembloit collée à son palais. Enfin il tomba presque sans connoissance, appuyé sur le dossier de sa chaise, accablé de honte et de remords et en proie à une terreur superstitieuse.

L'évêque le regarda un instant avec dégoût et indignation ; car il crut d'abord que cette agitation étoit produite par la colère ; mais il vit bientôt quelle en étoit la véritable cause, et il se sentit ému de compassion. Levant vers le ciel les mains et les yeux avec une gravité solennelle, il passa dans un autre appartement, et donna ordre à ses domestiques de reconduire le baronnet chez lui.

~~~~~~

CHAPITRE XXII.

LE CAMP.

« Tandis que dans le camp les nobles étendards,
Agités par le vent, flottoient de toutes parts,
Que d'un pas mesuré les cohortes guerrières
S'avançoient fièrement en suivant leurs bannières,
Le soleil du midi, dardant tout son éclat,
Faisoit étinceler les armes du soldat. »

SOTHEBY.

IL est temps que nous nous occupions
de Rothelan, qui s'étoit embarqué sur un
des bâtimens conduisant des renforts à
l'armée du roi Edouard, qui faisoit alors
le siége de Calais. Il arriva au camp dans
le cours de la matinée suivante. Il ne con-

noissoit encore de la guerre que ses formes
les plus grossières; même lors de la bataille
de Neville's Cross, quelque importante
qu'elle fût, puisque la prise du roi d'Écosse
en avoit été la suite, les combattans de
part et d'autre n'étoient que des recrues
levées à la hâte, et, quoique leurs bras
fussent armés de vigueur comme leurs
cœurs de courage, leur équipement n'é-
toit nullement brillant; et n'avoit rien de
cette pompe qui est une des sources de
l'ambition.

A l'exception de cette bataille mémo-
rable, on pouvoit dire que Rothelan n'a-
voit pas encore vu la guerre; car les ex-
cursions qu'il avoit faites sur les frontières
d'Angleterre avec Gabriel de Glowr, quoiqu'elles exigeassent autant de valeur et plus
de témérité qu'aucune entreprise exécutée
sous les bannières royales, n'étoient,
comme le dit notre auteur « que comme
les monosyllabes qu'un enfant commence
à épeler; comme des mots détachés les-

uns des autres, et ne formant aucune phrase suivie qui pût donner une leçon éloquente dans l'art de la guerre. A la vérité ces hasards auxquels devoient s'exposer les maraudeurs, les dangers qu'ils couroient dans bien des rencontres, étoient des consonnes dont la prononciation étoit dure, et quoique la soif du butin et l'amour du pillage fussent des voyelles qui les adoucissoient, il n'en résultoit aucun son qui pût donner une idée véritable de la gloire et de l'héroïsme. » Mais, dans le camp formé devant les murs de Calais, où étoient réunis les vainqueurs de Créci, et où l'on croyoit que la faveur du ciel sanctifioit l'œuvre de destruction et récompensoit la victoire par des couronnes de renommée ; un nouvel esprit devoit animer le sein de notre jeune héros, et lui inspirer cette ardeur qui mesure la gloire par le nombre de blessures qu'on fait ou qu'on reçoit.

Dès qu'il fut débarqué, il se dirigea,

sans perdre un instant, vers la tente du roi qu'il étoit facile de distinguer au milieu de toutes les autres, par sa grandeur, sa magnificence et l'étendard aux armes de France et d'Angleterre qui y étoit déployé, et qui flottoit au gré du vent. La vue du spectacle splendide de la pompe militaire qui s'offroit à lui de toutes parts ralentit bientôt sa marche, et, lorsqu'il fut à mi-chemin entre le rivage et le camp, il s'arrêta pour le contempler avec autant de surprise que d'enchantement.

Les bannières flottant sur la tente de chaque chef, et qui marquoient l'étendue de ses lignes; les pyramides de lances et de javelines formées en face de chaque tente; l'immense rangée de superbes pavillons qui entouroient la ville comme un vaste croissant; des escadrons de cavalerie qui exécutoient des manœuvres; des écuyers qui exerçoient ou domptoient de jeunes coursiers dans les environs du camp; des forges d'armuriers occupés à réparer les

armes des combattans, ou à leur en préparer de nouvelles; des tambours placés
par terre, pendant que les enfans chargés
de battre de cet instrument s'amusoient à
quelque jeu convenable à leur âge; des soldats formant des groupes, causant, se pro-
menant, les uns sans armes, les autres
prêts à combattre; d'un autre côté les tours
et les clochers de Calais, réfléchissant les
rayons du soleil, et les murailles garnies
de nombreux défenseurs couverts d'armes
étincelantes, tout en un mot présentoit à
ses yeux une scène de grandeur et d'acti-
vité dont il ne s'étoit pas encore formé une
idée bien distincte. Mais, tandis que ses
yeux passoient rapidement d'un objet à
l'autre, il remarqua que l'assaut qu'on venoit évidemment de livrer à la ville étoit
suspendu; qu'on éloignoit des murs les
machines de guerre dont on s'étoit servi
pour les battre, et qu'on se bornoit à les
faire garder par une sentinelle.

Tandis qu'il examinoit ainsi ce spectacle,

tout nouveau pour lui, il vit passer à peu de distance de lui un chevalier dont la physionomie le prévint favorablement : il étoit à pied, et avoit la visière de son casque levée. Rothelan crut remarquer que son air et ses traits ne lui étoient pas inconnus, mais il lui étoit impossible de se rappeler où il l'avoit vu, et cependant il étoit certain qu'il ne le voyoit pas en ce moment pour la première fois, et même qu'il s'étoit trouvé avec lui dans quelque circonstance remarquable ; car sa vue réveilloit en lui des idées de préparatifs de guerre, de tumulte, d'agitation, dont aucune ne se peignoit distinctement à son esprit, mais dont l'ensemble y faisoit une forte impression.

Le chevalier passant alors à quelques pas de lui, le plaisir qu'éprouvoit Rothelan en voyant un guerrier auquel il sembloit qu'un secret instinct de souvenir l'attachoit, lui inspira assez de hardiesse pour s'en approcher, et même pour lui adres-

ser quelques questions sur les motifs qui
avoient fait suspendre l'attaque qui venoit
d'avoir lieu, comme tout l'annonçoit évidemment. Le chevalier parut charmé de
l'air noble et martial du jeune étranger
qui l'interrogeoit ainsi, lui répondit avec
une courtoisie encourageante, et lui dit
qu'Édouard avoit résolu de ne pas dé-
truire la ville, et de la prendre par famine.

— Sa majesté se livre un peu trop à
son courroux, ajouta-t-il, en traitant de
rebelles obstinés les habitans de Calais,
puisqu'ils n'ont jamais reconnu ses droits
à la couronne de France, quelque justes
qu'ils soient, et quoique bien appuyés par
la force de ses armes; mais au fond ce sont
de braves guerriers, et qui résistent aussi
courageusement aux menaces qu'aux at-
taques.

— Je crois que le roi a raison de vouloir épargner la ville, dit Rothelan; c'est

une belle place, et je ne doute pas qu'on n'y trouve des coffres bien remplis et un butin considérable.

— Et qui êtes-vous donc, s'écria le chevalier, vous qui, avec un extérieur si noble et une barbe si jeune, envisagez sous un point de vue si sordide la gloire dont nous nous couvrirons en réduisant Calais ? Par Notre Dame ! jeune homme, la nature s'est donné plus de peine pour former vos membres que pour ennoblir l'esprit qui les anime ! Elle a placé le noyau d'un maraudeur sous l'écorce d'un chevalier. Je gagerois sur mon honneur qu'il n'y a pas dans la ville où vous êtes né un vieillard qui ne soit fait d'un métal plus noble que vous, malgré votre jeunesse, qui devroit vous inspirer des pensées plus dignes d'un soldat.

Rothelan fut mortifié de s'entendre parler ainsi par un homme qui avoit l'aspect si imposant ; mais l'éducation militaire

II. 11

qu'il avoit reçue de Gabriel de Glowr ne
lui avoit pas appris à séparer l'idée du butin de celle de la gloire qu'on peut acquérir en portant les armes.

Tandis qu'ils conversoient ainsi, un officier supérieur parut sur les murs de
Calais avec un héraut portant un drapeau
parlementaire, et presque au même instant le roi sortit de sa tente, suivi de
plusieurs chevaliers, et s'avança vers les
murailles. Un grand nombre de ses chefs
coururent du même côté ; le chevalier à
qui Rothelan s'étoit adressé en fit autant,
et notre jeune héros le suivit.

— Les habitans de Calais, dit l'officier
en s'adressant au roi du haut de la muraille, sont décidés à rendre à votre majesté
la ville et le château, si votre bon plaisir
est de garantir leurs vies et leurs propriétés.

— En vérité ! s'écria Edouard. Y sont-
ils décidés ? Ils pensent sans doute qu'ils
peuvent proposer, disposer et choisir,

comme bon leur semble ! Non, sire chevalier ; dites-leur qu'ayant refusé les offres
que leur avoit faites notre clémence, il est
trop tard pour y recourir. Nous n'accepterons aucune condition ; il faut qu'ils se
rendent à discrétion, à discrétion entière
et absolue. Avertissez-les qu'ils auront dé-
sormais à combattre non les Anglais, mais
la famine. Qu'ils voient si elle a les dents
mieux affilées que les lames de nos sabres.

L'officier, au lieu de se retirer en entendant un refus si durement exprimé,
resta sur la muraille, et fit quelques re-
présentations sur une résolution si inexo-
rable.

— Je prie votre majesté, dit-il, de considérer que nous sommes sujets du roi de
France, et que c'est en conséquence des
ordres de notre seigneur souverain que
nous avons fait tous nos efforts pour défendre courageusement ces murs. Il est
dur qu'on nous fasse un crime d'une

loyauté que nous aurions cru qu'un si grand monarque auroit envisagée tout autrement. Mais, puisque rien ne peut satisfaire votre majesté qu'une soumission déshonorante, nous continuerons à nous défendre, Sire; et le dernier de nous, le dernier enfant de Calais, périra les armes à la main, avant de se rendre à des conditions que de braves guerriers ne peuvent accepter.

L'accent de noblesse et de courage avec lequel ce brave chevalier s'exprimoit ainsi, firent entrer dans le cœur de Rothelan des sentimens qu'il ne connoissoit pas encore, et, par une sorte de transmutation chimique, changèrent l'admiration que lui avoit inspirée jusqu'alors le courage grossier des maraudeurs en respect pour la valeur héroïque et pour la dignité de la vertu.

— Quelqu'un de vous connoît-il le nom de ce chevalier de Calais? demanda le roi en se tournant vers les seigneurs de sa suite ; sur ma parole, il parle en homme de cœur.

— C'est Jean de Vienne, répondirent plusieurs voix en même temps.

— J'ai entendu parler de sa valeur et de ses nobles sentimens, dit le roi ; et il fit quelques pas en avant pour lui parler de plus près.

— L'estime que nous avons pour votre personne, sire chevalier, lui dit-il, nous détermine à user de moins de rigueur, et à accorder à la ville des conditions plus favorables. Dites aux habitans que si six des plus distingués d'entre eux viennent se mettre à notre discrétion, la corde au cou, nous ferons grâce aux autres, et nous accepterons la capitulation proposée.

Le roi reprit le chemin de sa tente, et le chevalier quitta la muraille pour aller rendre compte du résultat de sa mission.

Le pourparler étant terminé, Rothelan

s'adressa de nouveau au chevalier près
duquel il étoit toujours, et lui exprima
avec timidité le désir qu'il avoit de servir
sous ses ordres, et d'apprendre de lui l'art
de la guerre.

— Par Notre Dame ! s'écria le chevalier
en le regardant avec attention , c'est un véritable aiglon qui vient de sortir de l'aire !
Mais qui êtes-vous ? A votre accent on
vous prendroit pour Ecossais; cependant
vous n'en avez pas les traits, et vous parlez
bon anglais.

— Qui que je sois, répondit Rothelan
avec une fermeté modeste mêlée d'une
déférence respectueuse, c'est en essayant la
lame qu'on reconnoît si elle est bien trem-
pée. Il me faudroit long-temps, sire chevalier, pour vous raconter mon histoire, et
il vous faudroit beaucoup de confiance
pour la croire sans me connoître. Je suis
ici seul, sans amis, courant même le risque
d'être accusé de haute trahison. Je ne me

prétends pas sans reproche, mais je dirai
hardiment que je n'ai jamais été un traître,
et que vous ne me trouverez pas indigne
de la grâce que je sollicite.

— Vous me parlez en énigmes. Comment se fait-il que vous soyez ici seul et
sans connoissances?

— Je venois y chercher lord Mowbray
pour réclamer sa protection; mais si je puis
servir sous vos ordres, je n'en demande
pas davantage.

— Je le crois bien, puisque vous aurez
obtenu ce que vous désirez. Ne savez-vous
pas que je suis Mowbray?

— Je l'espérois! s'écria Rothelan enchanté. Une explication s'ensuivit, et
lord Mowbray, charmé de retrouver
sous la forme d'un beau jeune homme le
page espiègle qu'il avoit si long-temps regretté, l'emmena dans sa tente, et se fit
raconter toute son histoire.

CHAPITRE XXIII.

UNE LEÇON.

« On s'assemble, on discute ; et de quoi parle-t-on ?
Je ne les entends pas. »

LORD F. GOWER.

LORSQUE Rothelan eut terminé la relation de ses aventures, lord Mowbray se
proposoit de le conduire sur-le-champ en
présence du roi, et il lui fit part de l'intérêt
que ce prince avoit pris à sa disparition
mystérieuse, et de l'envoi qu'il avoit fait
en Ecosse d'un poursuivant d'armes pour
traiter de sa rançon, à la demande de la
célèbre comtesse de Salisbury, pendant le

séjour qu'il avoit fait au château de Werk.

Mais, pendant le long entretien du chevalier avec son ancien page, Jean de Vienne avoit informé les habitans de Calais des conditions auxquelles Edouard consentoit à accorder une capitulation à cette ville, et cette nouvelle y avoit répandu la consternation, personne ne paroissant d'abord disposé à s'offrir en sacrifice pour le salut de ses concitoyens. Mais bientôt un des principaux officiers municipaux, un des hommes les plus considérés de toute la ville, Eustache de Saint-Pierre, se leva dans le conseil, et parla ainsi qu'il suit :

— Certes ce seroit une grande cruauté que de laisser périr, par le glaive ou par la famine, tant de braves chrétiens qui s'y trouvent, quand il existe un moyen de les sauver. Quiconque écartera ce malheur fera une action qui ne peut manquer d'être agréable au ciel. Quant à moi, j'ai tant de confiance dans la bonté de Dieu, que je suis convaincu que s'il permet que je meure, pour sauver mes malheureux concitoyens, il me recevra dans le sein de sa miséri-corde. Je serai donc le premier à offrir ma tête au cruel roi d'Angleterre, et à sa-crifier volontairement ma vie pour mon pays.

Cette résolution héroïque émut tous les cœurs. Les uns pleuroient, les autres se jetoient à genoux ; plusieurs coururent l'em-brasser, ne pouvant résister à l'enthou-siasme que la reconnoissance et l'admira-tion faisoient naître en eux. Presque au même instant un autre honnête bourgeois, nommé Jean d'Ayre, se leva aussi, et dit qu'il tiendroit compagnie à son digne ami dans cet honorable dévouement. Jacques de Wissart, un des plus riches bourgeois de la ville, déclara qu'il partageroit leur destin : son frère en fit autant ; et telle fut l'émulation qu'inspira un si noble trait de vertu, qu'il fut difficile de déterminer

quels seroient les deux autres auxquels il
seroit permis de partager l'immortalité d'un
si beau martyre.

Ce noble débat étant terminé, les six
victimes volontaires sortirent de la ville, la
tête nue, une chemise passée au-dessus de
leurs vêtemens, et une corde autour du
cou, comme Edouard l'avoit ordonné.
Tout le peuple les suivit jusqu'au bas des
murailles, hommes, femmes et enfans, faisant retentir l'air de leurs cris, de leurs
pleurs et de leurs gémissemens. Le son funèbre de toutes les cloches de la ville se
faisoit entendre; un service solennel pour
les morts se célébroit dans chaque église;
mais les six nobles bourgeois marchoient
d'un air serein, et la paix dans le cœur.

Les cris, les lamentations et le son des
cloches, percèrent jusqu'au camp des Anglais, et le bruit s'y répandit bientôt que
les habitans de Calais envoyoient six de

leurs principaux bourgeois, en réparation
de l'obstination avec laquelle ils avoient
résisté au roi Edouard. Les soldats coururent en foule vers la porte; mais ils furent
rappelés par les trompettes qui sonnoient
aux armes, et tout fut un instant en confusion, le roi s'imaginant que la porte s'ouvroit pour une sortie, et ne pouvant croire
à la magnanimité d'un si glorieux dévouement. Les seigneurs qui l'entouroient, non
moins surpris que leur maître, gardoient
un silence respectueux. Lord Mowbray et
Rothelan se rendirent à la hâte vers la tente
du roi, qui venoit d'en sortir, et se placèrent derrière lui, sur une petite hauteur
qui leur permettoit de voir tout ce qui se
passoit.

La porte étoit ouverte; on baissa le pont-
levis, et l'on vit s'avancer Jean de Vienne,
monté sur un petit cheval fort maigre; car
il ne pouvoit marcher, ayant été blessé à
la cuisse dans une sortie, quelques jours
auparavant; derrière lui marchoient deux

à deux les six héros, citoyens de Calais.

En arrivant près du roi, il lui remit son épée et les clefs de la ville, et lui présenta, les larmes aux yeux, Eustache de Saint-Pierre et ses amis.

Le roi, se rappelant alors la constance avec laquelle les citoyens de Calais lui avoient si long-temps résisté, le dommage qu'ils avoient fait à ses flottes, qui bloquoient leur port, et surtout leur refus opiniâtre de reconnoître ses droits à la couronne de France, s'écria avec colère : — Je suis convaincu qu'on me trompe : ces gens-là ne sont pas ce qu'ils se prétendent. Ce sont de vils palefreniers, peut-être des malfaiteurs : qu'ils subissent le châtiment dû à leur mensonge.

— Sire, dit Eustache de Saint-Pierre avec fermeté, le mensonge ne souille jamais les lèvres de sujets loyaux et fidèles. Nous sommes ce que nous nous disons être.

— S'il en est ainsi, s'écria Edouard, encore plus courroucé par la fierté de cette
réplique, que la capitulation soit observée.
Nous entrons dans Calais en vainqueurs
pacifiques; les personnes et les biens des
habitans seront respectés; quant à vous et
vos compagnons, vous allez recevoir la
récompense que vous avez méritée. Qu'on
les mène au supplice !

Tandis que ceux qui remplissoient dans le
camp les fonctions d'exécuteurs des hautes-
œuvres s'avançoient pour s'emparer des
six victimes du ressentiment du roi, un
grand bruit se fit entendre, et la foule,
s'écartant des deux côtés, forma une avenue
dans laquelle on vit s'avancer à grands pas
une dame d'un aspect majestueux et au-
guste. C'étoit Philippe, reine d'Angleterre,
qui, après l'arrivée à Londres des prisonniers écossais, en étoit partie pour venir
joindre le roi à Calais : elle venoit de dé-
barquer à l'instant où les illustres victimes
sortoient de la ville ; et, ayant appris, en se

rendant à la tente du roi, le sort cruel qui
les attendoit, elle étoit accourue pour pré-
venir cet acte de barbarie.

Pleine d'alarmes et respirant à peine,
elle tomba aux pieds du roi, lui saisit la
main, et la mouillant de ses larmes le sup-
plia de révoquer les ordres qu'il avoit
donnés.

— Que viens-je d'apprendre! s'écria-
t-elle avec vivacité; permettez-moi, sans
vous en offenser, de vous demander la vie de
ces bonnes gens. Ce ne sont que des bourgeois, dit-on : des bourgeois ai-je dit? non,
ce sont des martyrs dont l'histoire mettra
le vertueux dévouement bien au dessus de
tout ce qu'on nous vante des Grecs et des
Romains. O Sire ! n'oubliez pas en ce moment votre magnanimité ordinaire ! Regardez ces honnêtes bourgeois comme de
braves guerriers qui ont défendu noble-
ment un poste qui leur étoit confié, quoi-

qu'ils sussent qu'ils ne pouvoient s'y main-
tenir. Pensez-vous qu'en s'acquittant de ce
saint devoir ils n'aient pas été enflammés
d'un désir de gloire aussi pur, aussi ardent que celui qui brûle dans votre sein?
Respectez en eux un sentiment que vous
connoissez si bien. Ne regardez pas leurs
vêtemens, ne songez pas à leur profession,
faites seulement attention à leur mérite ;
alors l'habit de citoyen pacifique vous pa-
roîtra aussi glorieux que l'armure du plus
illustre chevalier ; vous les honorerez
comme des hommes braves doivent être
honorés, et vous augmenterez l'éclat de
votre renommée, qui a été sans tache jusqu'à ce jour.

Un murmure d'applaudissement et d'admiration partit du milieu de ceux qui
avoient pu l'entendre, et le roi fut tellement ému par ses prières éloquentes et
par ses regards encore plus touchans, qu'en
la relevant d'une main pour l'embrasser,

il fit signe de l'autre, à ceux qui emmenoient les prisonniers, de s'arrêter.

Ah, Madame! lui dit-il en la regardant avec des yeux où la colère étoit éteinte, je voudrois que vous eussiez été partout ailleurs en ce moment; car, après les prières que vous venez de m'adresser, il m'est impossible de vous refuser votre demande. Je vous donne les prisonniers, et je remets leur destinée entre vos mains.

Elle ordonna sur-le-champ qu'on ôtât les cordes qu'ils portoient au cou, et qu'on les remît honorablement en liberté.

Ce fut alors que le jeune Rothelan comprit pour la première fois quels sont les véritables sentimens de la chevalerie. Né avec tout le courage qui convient à un homme et à un soldat, doué naturellement de courtoisie, plein de modestie et d'admiration, s'il n'avoit été présent à des scènes capables de lui inspirer une éléva-

II.   11*

tion chevaleresque, il aurait été comme le diamant qu'on tire de la mine, et qui, quoiqu'il ne soit pas moins précieux en cet état que lorsqu'il a reçu le poli, ne paroît avoir aucun prix aux yeux de la plupart des hommes.

FIN DU SECOND VOLUME.